Cucho

Premio El Barco de Vapor 1982

José Luis Olaizola

Premio Planeta 1983

ediciones SM Joaquín Turina 39   28044 Madrid

Colección dirigida por **Marinella Terzi**

Primera edición: mayo 1983
Segunda edición: febrero 1984
Tercera edición: septiembre 1984
Cuarta edición: octubre 1984
Quinta edición: noviembre 1984
Sexta edición: noviembre 1986
Séptima edición: marzo 1987
Octava edición: noviembre 1987
Novena edición: febrero 1989
Décima edición: febrero 1990
Undécima edición: diciembre 1990
Duodécima edición: septiembre 1991

Ilustraciones y cubierta: *Antonio Tello*

© José Luis Olaizola Sarría, 1983
  Ediciones SM
  Joaquín Turina, 39 - 28044 Madrid

Comercializa: CESMA, SA - Aguacate, 25 - 28044 Madrid

ISBN: 84-348-1169-3
Depósito legal: M-31866-1991
Fotocomposición: Secomp
Impreso en España/Printed in Spain
Imprenta SM - Joaquín Turina, 39 - 28044 Madrid

No está permitida la reproducción total o parcial de este libro, ni su tratamiento informático, ni la transmisión de ninguna forma o por cualquier medio, ya sea electrónico, mecánico, por fotocopia, por registro u otros métodos, sin el permiso previo y por escrito de los titulares del copyright.

A mi hija Rocío

Cucho Maluquer vivía en un piso ático de la calle de la Luna, en Madrid, con su abuela. Iba a la escuela como los demás chicos. No sabía por qué no tenía padres, pero como otros chicos no sabían por qué no tenían abuela, estaban igual.

Su abuela se ganaba la vida trabajando de asistenta, pero cuando cumplió los sesenta años tuvo tan mala suerte que se rompió una pierna. Aunque se la arreglaron, ya no pudo salir a la calle porque su casa era muy vieja, sin ascensor. Y como se quedó un poco coja, no podía subir las escaleras de los cuatro pisos que tenía el edificio.

—Tú no te preocupes —le dijo la abuela—. Yo sé coser y me puedo ganar la vida arreglando ropa.

Aunque la casa de Cucho estaba junto a la Gran Vía, que era la calle más importante de la ciudad, la ocupaba gente muy humilde. A pesar de todo, procuraban ayudar a la abuela, mandándole ropa para coser, pero le podían pagar muy poco dinero.

Además, la verdad era que la abuela cosía regular, y como, encima, tenía muy mala vista, sólo podía hacer arreglos de poca importancia. El caso es que empezaron a pasar hambre. Cucho menos, porque en la escuela, durante el recreo, se comía los bocadillos que dejaban a medias sus compañeros. Los había que no los querían ni probar y se los daban enteros. Casi les hacía un favor porque así no tenían que tirarlos a escondidas. En tal caso se los llevaba a la abuela, pero la mujer tenía otro problema: como le faltaban los dientes, le costaba mucho morder el pan y sólo se podía comer lo de dentro. Entonces Cucho se puso exigente y sólo admitía bocadillos rellenos de cosas blandas como, por ejemplo, queso, mantequilla con mermelada, membrillo y, sobre todo, los de tortilla francesa.

Por tanto, la abuela cada día comía mejor, pero cosía peor porque veía muy mal. Un día se equivocó, y en un traje de caballero que le dieron para arreglar, a la chaqueta le puso, en lugar de las mangas, las perneras del pantalón. Cuando la vecina se vino a quejar, la abuela se disculpó:

—Ya me extrañaba a mí que su marido tuviera los brazos tan largos...

Por eso, aunque los vecinos quisieran ayudarla, resultaba difícil: veía tan mal que nunca sabían cómo iba a quedar lo que le dieran para coser. La mujer suspiraba:

—¡Ay! Si yo tuviera unas gafas...

Cucho —que tenía diez años, pero parecía mayor— se fue a una tienda a ver cuánto valían unas gafas. El dependiente le preguntó:

—¿Para quién son?

—Para mi abuela.

—¿Para qué las quiere?

—Para coser.

—¿Cuántos años tiene?

Esto no lo sabía Cucho y por eso contestó:

—Pues como una abuela, pero de las más viejas.

El dependiente le entendió y le contestó:

—Calcula que unas siete mil pesetas.

El chico se quedó asombrado porque no sabía de nadie que tuviera tanto dinero junto. Volvió a su casa y le dijo a la abuela:

—Oye, abuela, mejor será que dejes de coser. No trae cuenta comprar unas gafas.

La mujer suspiró.

—Y si no coso, ¿qué voy a hacer todo el día en casa?

Cucho no sabía cómo solucionar un problema tan complicado.

En cambio, lo de la comida cada día resultaba más fácil, porque muchos chicos y chicas de la escuela procuraban traer el bocadillo de tamaño doble para repartirlo con él. Es más, procuraban lucirse, porque si Cucho no aceptaba su bocadillo se sentían de menos.

—Mira, Cucho —le decía algún chico—, te lo he traído de jamón, ¿qué te parece?

—Lo siento, pero el jamón es muy duro y mi abuela no lo puede tomar.

—¡Pero si es de jamón de York...! —se disculpaba el chico.

—¡Ah, bueno, entonces sí! —admitía Cucho—. Pero no lo traigas con tanto pan, sobre todo si tiene corteza.

Por eso, algunos se lo traían con pan de molde, como el de los emparedados.

A LA ESCUELA iban juntos chicos y chicas. Una de éstas, que se llamaba Celia, era la hija del dueño de la pastelería de la esquina, en la que además de pasteles había toda clase de dulces. Todos los chicos procuraban ser amigos suyos porque, además de ser guapísima, siempre llevaba los bolsillos llenos de caramelos. Por eso era bastante presumida, pero a pesar de todo le preguntó a Cucho:

—¿Le gustan los pasteles a tu abuela?

Cucho se quedó pensativo y condescendió:

—Bueno, pero solamente si son de crema.

Un día, don Anselmo, el director de la escuela, se dio cuenta del tráfico de bocadillos entre la clase y Cucho, y se enfadó muchísimo. Don Anselmo era bizco, llevaba gafas, barbas, y tenía que estar casi siempre enfadado para que los chicos no le tomaran el pelo. Es decir, los nuevos se asustaban nada más conocerle, pero luego, según le trataban, se les pasaba el susto porque a lo más que llegaba era a gritar. En cambio, la señorita Adelaida, que era una de las maestras, hablaba siempre muy suavecito, dándoles muchos consejos de toda especie, pesadísimos, aburridísimos. Y si los alumnos no le hacían caso, con la misma suavidad llamaba a los padres del desobediente, que se la cargaba.

Don Anselmo se enfadó muchísimo con

lo del tráfico de bocadillos, emparedados y pasteles, porque se pensó que Cucho se los quitaba a los chicos para venderlos. Por eso le llamó a su despacho y le preguntó:

—¿Para qué les quitas el bocadillo a los otros chicos?

Quizá pensó que se los quitaba porque Cucho era de los más fuertes de la clase y, aunque sólo tenía diez años, estaba más alto que muchos niños de once y hasta doce años.

—No se los quito, me los dan —le explicó el niño.

—¿Y por qué te los dan?— insistió el director sin perder su enfado receloso.

—Para que comamos mi abuela y yo. Es que mi abuela ya no puede trabajar. Se ha roto una pierna.

—Vaya, hombre... —empezó a balbucear compungido don Anselmo.

Balbuceó compungido porque se dio cuenta de que el chico llevaba los zapatos muy rotos y la ropa también se la notaba muy vieja. Le llamó mucho la atención que los botones de la camisa, en lugar de ir cosidos en su sitio, estuvieran muy de lado, de modo que al abrochárselos en los ojales le quedaba la camisa como estrujada.

—¿Y por qué llevas los botones en un sitio tan raro?

—Es que me los cose mi abuela. Pero como no tiene gafas y ve muy mal, cada vez quedan en un sitio diferente.

—Vaya por Dios —se condolió don Anselmo. Luego, se puso muy reflexivo, abrió un cajón de la mesa de su despacho y sacó unas gafas de aire antiguo, con uno de los cristales rajado, y se lo estuvo pensando un rato. Por fin se las dio a Cucho.

—Estas son unas gafas viejas que yo uso para leer, pero que no las empleo casi nunca. Igual a tu abuela le sirven. ¿Cuántos años tiene?

Era la misma pregunta que no supo responder al dependiente de la tienda de óptica. Y, como seguía ignorando la edad de su abuela, le respondió poco más o menos lo mismo que al otro:

—Es una abuela de las viejas. Quizá sea mayor que usted.

Don Anselmo se enfadó:

—¡Seguro que es mayor que yo! ¿Pero qué te has creído?

Se enfadó porque era un hombre joven, aunque la bizquera y las barbas lo disimularan. Cucho pensó que ya no le daba las gafas. Pero se las dio.

—Bueno, que pruebe tu abuela a ver si le sirven.

Cucho tenía la mala costumbre de no

saber dar las gracias. Por eso cogió las gafas y se salió del despacho sin decir nada. El director pensó que el niño se marchaba enfadado porque le había acusado de quitarles los bocadillos a los otros chicos, y le volvió a llamar:

—¡Cucho..!

El niño ya estaba en la puerta, pero volvió a entrar.

—Oye —le explico don Anselmo—, me parece muy bien que los alumnos te den los bocadillos, ¿sabes?

—Sí, señor —asintió el chico.

—Me hubiera parecido muy mal que les quitaras los bocadillos para venderlos en la calle.

Esto último lo dijo riendo, como quitándole importancia a la cosa. Pero le dio una excelente idea a Cucho.

La idea fue vender los bocadillos sobrantes en la Plaza de España, muy cerca de su casa.

Al director le hubiera parecido mal que robara bocadillos para venderlos; pero no dijo nada de vender bocadillos regalados. Por si acaso, no comentó con nadie lo que hacía con la cantidad de bocadillos conseguidos cada día en la escuela.

No los vendía por capricho, sino porque necesitaban dinero en el ático de la calle

de la Luna, para pagar el alquiler. El primer mes se lo pagaron entre todos los inquilinos, pero también tuvieron la mala suerte de que, como el edificio era muy viejo y amenazaba ruina, algunos de los ocupantes se marcharon a vivir a otras casas y, por tanto, ya no les podían ayudar.

Sólo siguieron viviendo la portera, que era tan anciana como la abuela; don Antonio, un viejo músico, y doña Remedios, dueña de una mercería junto al portal.

Además, a la abuela le convenía tomar leche y ésa no se la podían dar los alumnos de la escuela. Por eso necesitaban dinero.

Un día, doña Remedios le puso los pelos de punta porque le dijo:

—Mira, Cucho, lo mejor para tu abuela sería meterla en un asilo. Estará muy bien atendida.

De momento, Cucho no comentó nada. Pero cuando fue a la escuela, se lo preguntó a Celia, la hija del pastelero, que además de ser la más guapa, era la que más sabía de la clase y siempre sacaba las mejores notas.

—Oye, Celia, si a mi abuela la meten en un asilo, ¿qué me pasaría a mí?

La chica se lo pensó y, como si fuera la cosa más natural del mundo, le contestó:

—Pues a ti te meterían en otro.
—¿Pero hay también asilos para niños?
—Claro.
La niña lo dijo con frialdad, como si le importara un pito lo que le pasara a Cucho. Por eso éste, disimulando su rabia, le comentó también con mucha naturalidad:
—Oye, Celia, no me traigas más pasteles para mi abuela. Dice que la crema de dentro está agria y le hacen daño.
La niña, en lugar de enfadarse, se quedó muy triste y con los ojos a punto de llorar. Por eso Cucho se marchó corriendo, fastidiado, ya que aunque Celia fuera una presumida y una sabelotodo, con él siempre se había portado bien.

CUCHO empezó a vender los bocadillos en la Plaza de España porque era un lugar en el que también otras personas vendían cosas. Había señores con tenderetes en el suelo y vendían cosas raras que no servían para nada. Había chicos como él, o un poco mayores, con una cesta colgada del cuello y vendían barquillos. Otros vendían tabaco. Pero, afortunadamente, nadie vendía bocadillos. Por tanto tomó la cesta de la plancha, que estaba bastante nueva, y colocó los bocadillos como mejor supo, sobre un trozo de sábana blanca para dar sensación de limpios. Además, los cubrió con un hule.

El primer día se puso a pasear, despistado, por la Plaza, sin saber muy bien lo que debía hacer para vender los bocadillos. Además, hacía mucho frío porque era el mes de diciembre. Hasta que un señor, sentado junto a un tenderete de cosas muy raras, le llamó:

—¡Eh! ¡Chico! Ven aquí.

Peor pinta no podía tener, y a punto estuvo de no ir. Llevaba los pelos muy largos y más bien sucios. Procuraba taparse con un *anorak*, muy viejo, hasta los ojos. Sobre las piernas se había echado una manta muy vieja. Estaba sentado en el suelo. A pesar de todo se acercó a él.

—¿Tú qué vendes? —le preguntó el hombre.

—Bocadillos.

El peludo los miró, soltó un taco de los que ya conocía Cucho, y comentó:

—¡Qué bocadillos más raros! Cada uno es de un tamaño distinto...

En eso ya se había fijado Cucho, pero no le veía solución. Es decir, él se había dado cuenta que las cosas que se vendían en la calle eran todas del mismo tamaño. Por ejemplo, los vendedores de barquillos los vendían iguales o, a lo más, de dos clases. Mientras que cada bocadillo de su cesto era diferente en tamaño, clase de pan y contenido.

—¿De dónde los has sacado? —le preguntó el hombre.

—Los hace mi abuela —fue lo único que se le ocurrió decir a Cucho.

—¡Ah! Claro.

Sin más explicaciones tomó uno de foiegras y se lo empezó a comer. Con aquella pinta tan mala como tenía el señor, Cucho pensó que no se lo pagaría.

—Está bueno —dijo el hombre hablando con la boca llena—. ¿Cuánto vale?

—Tres duros.

El hombre se quedó con la boca abierta, enseñando la comida, con muy mala educación, volvió a soltar otro taco, de los peores, y le dijo:

—Pero... ¿tú eres tonto, chaval?

Cucho estuvo a punto de echar a correr, pero de puro miedo se quedó quieto. Entonces el hombre tomó otro bocadillo, esta vez de queso, y le volvió a preguntar:

—¿Y éste cuánto vale?

Puesto que lo de los tres duros le había enfadado tanto, Cucho decidió dejarlo en un duro. Entonces el hombre se enfadó de tal modo que soltó un taco de los prohibidísimos en la escuela, ya que, según don Anselmo, eran, también, una blasfemia.

Cucho se quedó paralizado. Mientras tanto, el hombre se echó mano a un bolsillo para sacar una navaja y matarle, pero en lugar de una navaja sacó un billete de veinte duros y le dijo:

—Mira, muchacho, dile a tu abuela que estos bocadillos en cualquier bar te cuestan quince duros, por lo menos. ¿Me entiendes? Aunque tú los vendas a diez duros, son baratísimos, ¿lo oyes? Anda, toma veinte duros por los dos. Y vuelve mañana por aquí.

LO DE los bocadillos fue un éxito increíble.

El peludo del primer día, al que llamaban el «Langosta», le compraba, por lo menos, dos, y además le hizo propaganda entre los otros vendedores de tenderetes.

Por eso había días que en menos de una hora se le terminaba la mercancía y se volvía a su casa con unas mil pesetas.

En vista de lo cual advirtió en la escuela que su abuela se había puesto dentadura postiza y, por tanto, podía comer toda clase de bocadillos; aunque lo de dentro fuera duro. Fue curioso, pero a ningún chico le extrañó que hubiera días que se llevara treinta bocadillos. Lo peor era lo de Celia: seguía triste por lo que le dijo de la crema agria de sus pasteles; no le hablaba, y Cucho no sabía cómo arreglar su metedura de pata.

La abuela al principio se asustó, porque ella en su vida había ganado mil pesetas en un día, y llegó a pensar si su nieto las robaría. Pero cuando le explicó lo de la venta de bocadillos, la mujer se quedó muy tranquila y muy feliz. Porque se bebía cada día un litro de leche, que era lo que más le gustaba. Además, como con las gafas que le había regalado el director de la escuela veía un poco mejor, le empezó a hacer un uniforme a don Antonio, el músico. Era, ya, el único vecino que quedaba en la casa.

En la Plaza de España se encontraba muy a gusto y muy protegido. Un día, unos chicos mayores, cuando ya se marchaba, le quisieron robar lo recaudado con la venta de los bocadillos, pero el «Langosta» se dio cuenta y acudió en su ayuda con un palo, consiguiendo poner en fuga a los chavales.

El «Langosta» vendía collares, pulseras y toda clase de adornos con mucho éxito entre las filipinas. Eran unas muchachas de las lejanas Islas Filipinas, estaban en España sirviendo como criadas y se reunían en la Plaza los días libres. Apenas sabían hablar español, pero con el «Langosta» se entendían y se reían mucho. Se veía que tenían confianza en él y, por eso, cuando las animaba a comprar bocadillos a Cucho por «ser mucho buenos», las mujeres le hacían caso y se los compraban.

Cucho, aunque terminara de vender su mercancía, se quedaba un buen rato en la Plaza, porque lo que más le gustaba del mundo era ver cómo vendían sus cosas el «Langosta» y los otros vendedores. De tal modo que ya tenía decidido que, cuando fuera mayor, pondría un puesto de aquéllos.

LO QUE NUNCA pudo imaginarse Cucho es que la llegada de las Navidades fuera una catástrofe para su negocio. Todos los chicos y chicas de la escuela las esperaban con verdadera ilusión. El también, ya que, aunque sus Navidades no fueran como las de los demás niños —por ejemplo, los Reyes Magos era muy difícil que pudieran subir hasta un piso ático sin ascensor—, no por eso dejaba de disfrutar de la cena que hacía su abuela en la Nochebuena, de la iluminación de las calles y, sobre todo, de las vacaciones. Bueno, pues lo de las vacaciones fue la catástrofe, porque, al dejar de ir los chicos a la escuela, se terminó, como es lógico, el suministro de bocadillos.

Por eso, de la noche a la mañana, se le acabó el negocio.

Para colmo, su abuela en invierno siempre se ponía peor.

Padecía de los pulmones y con el frío respiraba con dificultad. Muchos días no se podía levantar de la cama y lo más que hacía era incorporarse para seguir cosiendo el uniforme de don Antonio, el músico. Lo que mejor le sentaba para sus pulmones acatarrados era la leche caliente. Pero enseguida se les terminó el dinero porque, aunque el negocio de los bocadillos había sido muy bueno, había durado tan pocos días que no les dio tiempo de ahorrar.

En vista de la situación, decidió ir a la Plaza de España a pedir ayuda al «Langosta». Pero se encontró con la sorpresa de que en la Plaza no había ni un solo tenderete. Le pareció como una pesadilla. Se dirigió al vendedor de periódicos que, como tenía un kiosco fijo, allí seguía. Alguna vez también le había comprado bocadillos, o sea que le conocía.

—Oiga —le preguntó—, ¿dónde están el «Langosta» y los demás vendedores?

—En Navidades la Policía Municipal no les deja ponerse porque dicen que estorban —le contestó el hombre; luego, se le quedó mirando reflexivo y le advirtió—: A ti tampoco te van a dejar vender tus bocadillos. Claro, que tú, con un poco de disimulo, quizá los puedas seguir vendiendo.

El kiosquero se lo dijo para animarle, pero, naturalmente, el consejo no le sirvió de nada porque no tenía bocadillos.

—Oiga, y el «Langosta» ¿ya no vuelve por aquí?

—Mira, si quieres verle, seguro que lo encuentras en el bar de la esquina.

Efectivamente, se fue al bar que le indicó el hombre y allí estaba el «Langosta» tomando café con churros. Se alegró mucho de ver a Cucho, y enseguida le animó igual que el kiosquero.

—Aunque a nosotros nos hayan echado los guardias, tú podrás seguir vendiendo los bocadillos. En lugar de llevarlos en una bandeja, te los metes en una bolsa.

Al chico no le quedó más remedio que decirle la verdad y temió que el otro se molestara por haberle engañado diciéndole que los bocadillos los hacía su abuela. Pero el «Langosta» no sólo no se enfadó sino que mostró gran entusiasmo y admiración.

—O sea —le comentó el peludo—, que los bocadillos los conseguías gratis de tus compañeros de clase.

—Sí, señor —admitió Cucho.

—Eres un genio, chaval. En lugar de poner un tenderete cuando seas mayor, tendrás una tienda de verdad. Ya lo verás. O quizá unos grandes almacenes.

Era un consuelo remoto para Cucho, que lo que necesitaba era ganar algo de dinero para comer en las Navidades, y había pensado que quizá pudiera conseguirlo ayudando a vender sus chorraditas al «Langosta». Pero, claro está, eso ya no era posible, y lo más que pudo hacer el peludo fue invitarle a churros y prestarle quinientas pesetas.

Cucho no sabía qué hacer, y cuando empezaron a iluminarse las calles en la víspera de la Nochebuena, no sintió ninguna alegría.

A TODO ESTO, la abuela consiguió con dificultades terminar el uniforme de don Antonio, el músico que tocaba el clarinete.

Era un hombre muy triste, alargado como el instrumento que tocaba, pero muy educado. Por eso, con muy buenos modos, le dijo a la abuela cuando ésta le entregó su uniforme:

—Perdóneme usted, señora, pero ahora no se lo voy a poder pagar. No tengo dinero.

La abuela pensaba que le quedaba muy poco para morirse, y por eso no estaba dispuesta a enfadarse con nadie. Lo único que le preguntó fue:

—Y ¿cuándo cree usted que me lo podrá pagar?

El hombre hizo un gesto de desesperanza. Por lo visto, hubo un tiempo en que tocó en la Banda Municipal. Incluso, una vez actuó en el Palacio de la Música y tenía una foto de aquella ocasión, vestido de músico de verdad. Pero últimamente no tenía suerte y andaba sin trabajo.

—Bueno —se resignó la abuela—, por lo menos póngase el uniforme a ver cómo ha quedado.

Así lo hizo el hombre, y la abuela se quedó satisfecha con el resultado: las mangas estaban en su sitio y los botones también. Cucho lo encontró un poco raro, pero no dijo nada.

De repente, al hombre se le iluminó el rostro y le dijo a la abuela:

—Ya se me ha ocurrido una idea para pagarle, señora. Yo puedo enseñarle a su nieto a tocar el clarinete y encima darle dinero.

Luego se dirigió a Cucho y le preguntó:

—¿A ti te gustaría ser músico?

A Cucho no le produjo la idea gran entusiasmo, pues no parecía que le fuera muy bien a don Antonio con aquel oficio. El hombre, para animarle, le puso el clarinete en la boca y le dijo:

—Sopla.

El niño obedeció y salieron unos sonidos admirables, porque, al tiempo que él soplaba, don Antonio pulsaba las teclas del clarinete. Cucho tuvo la sensación de que era muy fácil tocar aquella especie de flautín.

ASI ILUSIONADO, y puesto que no tenía mejor cosa que hacer, aceptó el ofrecimiento del músico. Al día siguiente, a primera hora, bajó a su piso.

Don Antonio le esperaba vestido con el uniforme, que a la luz del día todavía resultaba más raro. Ciertamente, cada manga estaba en su sitio; pero una era más larga que la otra. Los botones también estaban en su lugar, pero los adornos de los ojales, que eran dorados, los había colocado la abuela dispersos a lo largo de la chaqueta, de modo que parecían estrellas errantes. Don Antonio no se lo veía muy bien porque en el piso no tenía nada más que un trozo de espejo, y no muy grande. A pesar de todo le comentó a Cucho:

—Yo creo que tu abuela me ha hecho un uniforme un poco de fantasía, ¿no te parece?

Cucho no contestó nada porque no comprendía que se tuviera que poner de gala para enseñarle a tocar el clarinete. Pero don Antonio le sacó de su sorpresa cuando le dijo:

—Bueno, vámonos.

—¿Adónde?

De primeras, don Antonio no se atrevió a decirle a donde le llevaba, sino que le dio una explicación muy confusa:

—Mira, al principio, lo mejor para que aprendas a tocar el clarinete es ver cómo lo toco yo.

El caso es que le llevó a la calle de Preciados, miró para un lado y para otro, se santiguó y le dijo a Cucho:

—Tú mira bien, y si ves algún guardia, me avisas.

Y con la cara en parte pálida por la vergüenza y en parte morada por el frío, se puso a tocar el clarinete.

Cucho se asombró, aunque no demasiado, porque estaba acostumbrado a ver músicos callejeros que se ganaban la vida con las monedas que les echaba la gente. Pero no sabía que don Antonio fuera de ésos. Y no debía de serlo, porque tocaba muy azorado y con mucho miedo. Al principio soplaba muy bajito, como para disimular, por lo que entre la mucha gente que había y lo deprisa que circulaban por el frío, no se paraba nadie. Si alguien se detenía, era por la admiración que le producía el uniforme; pero luego seguía.

—Oiga, don Antonio —le dijo Cucho—, si hemos venido aquí a pasar la gorra, ya puede usted tocar más fuerte.

Al músico, el color blancoazulado del rostro se le cambió a colorado como un tomate.

—Discúlpame, hijo —le dijo a Cucho—, es la primera vez que lo hago. Solo nunca me he atrevido a tocar en la calle. Por eso me he buscado tu compañía. Quizá te he engañado.

Desde luego, mejor compañía no se podía haber buscado. Porque como Cucho estaba deseando ganar algunos duros, le tomó la gorra a don Antonio, que se quedó con la calva al aire. Ante la decisión del chico, se animó a tocar lo mejor que sabía; y como lo hacía muy bien, empezó a pararse la gente y a echar dinero en la gorra.

Cuchó pensó que aquel sistema de ganar dinero era más lento que el de vender bocadillos; la gente sólo echaba monedas de a peseta o, a lo más, de a duro. Pero se resignó a tener que trabajar más horas.

En cambio, el que no se resignó, o no podía estar muchas horas, era don Antonio. Al quitarle la gorra, la calva se le puso morada, ya que hacía un frío como si fuera a nevar.

—Nos tendremos que ir —le advirtió a Cucho— porque se me congela el cerebro.

—Ni hablar— le respondió el chico, que veía que, aunque despacio, la gorra se llenaba de monedas. Se quitó la bufanda y se la puso al músico en la cabeza como un turbante moro.

Desde ese momento tuvieron mucho más éxito, ya que la gente se paraba no sólo para oír la música, sino para ver a don Antonio. Y es que, entre el uniforme de fantasía que le había hecho la abuela y el turbante de lana que le había puesto Cucho, estaba graciosísimo. Sobre todo cuando tocaba cosas tristes.

Un señor mayor, muy bien vestido, se partía de risa; y en un momento de descanso que se tomó don Antonio, le preguntó:

—¿Me podría dar la dirección de su sastre?

La gente que los rodeaba coreó con sus risas la pregunta del señor bien vestido, y fue la primera vez que Cucho sintió vergüenza del ridículo que estaban haciendo. A pesar de todo, y aunque se tuviera que tragar las lágrimas, pensaba seguir. Pero en aquel momento llegó un guardia municipal que los echó de buenas maneras.

—Mire usted —le advirtió a don Antonio—, los podría llevar a la Comisaría porque está prohibido tocar en la calle. Pero como estamos en Navidades, les dejo marcharse sin ponerles ni tan siquiera multa.

Y se tuvieron que ir.

DON ANTONIO, más triste no podía estar. Se fueron andando hacia la calle de la Luna, que estaba cerca, y para compensar a Cucho por su ayuda, le dijo que se quedara con todo el dinero que habían recaudado. El chico se resistió porque sabía que el músico también era muy pobre, pero el otro se empeñó y le dio la mayor parte.

—Oiga, don Antonio —le propuso Cucho—, ¿por qué no vamos a tocar al Metro? Yo he visto que allí se ponen otros músicos, y además estaremos más calientes.

Pero a don Antonio, que estaba muy desmoralizado por lo sucedido, le entró un ataque de dignidad.

—No puedo, hijo —le contestó—. Ten en cuenta que yo he tocado en el Palacio de la Música, y no voy a rebajarme a tocar en los pasillos del Metro.

Cucho no comprendía la diferencia que podía haber entre tocar en la calle o en el Metro. Pero no quiso discutir, porque las cosas de las personas mayores eran siempre muy complicadas y él no las entendía.

El caso es que se despidieron porque Cucho tenía que ir a comprar la leche de la abuela, y algo más para la cena de Nochebuena, que era al día siguiente.

Sin darse cuenta fue a parar frente al escaparate de la pastelería de la esquina, la del padre de Celia, la niña sabelotodo. Se puso a mirar, distraídamente, cuánto costaba el turrón del blando, que era el único que podía tomar la abuela.

En ese momento la niña le saludó por la espalda.

—Felices Pascuas— le dijo, y Cucho se quedó cortado, pensando que era una cursi porque los niños no se saludaban así.

Era una cursi, pero muy guapa y muy bien vestida. Llevaba un abrigo precioso y el pelo, rubio, muy largo. También llevaba unos guantes de piel que debían de abrigar de maravilla.

Cucho se limitó a contestarle:
—Hola.

Se quedaron mirándose, y la verdad es que la chica hubiera debido seguir ofendida por lo que le dijo de la crema de sus pasteles. Pero se sonreía y no parecía enfadada. Seguro que le pasaría lo que al guardia que los echó.

Por ser Navidades estaba dispuesto a perdonar. En vista de eso le pareció obligado hablar con ella y por eso le preguntó:

—¿Vienes a la tienda a ayudar a tu padre?

—Qué más quisiera... —le contestó la niña—, pero mi padre no me deja trabajar en la tienda.

—¿Por qué? —se extrañó Cucho.

—Porque quiere que estudie una carrera y que de mayor sea abogado o médico.

Lo decía entristecida, y por eso Cucho le preguntó:

—¿Y a ti no te gusta?

—No; lo que a mí me gusta es trabajar en la tienda y despachar a la gente.

Cucho se quedó reflexivo y luego, acordándose de lo que le dijo el «Langosta», le comentó:

—Pues yo, cuando sea mayor, voy a tener una tienda o, quizá, unos grandes almacenes.

—¡Qué suerte! —se admiró la niña, con tanto entusiasmo y envidia que Cucho le perdonó el que fuera una cursi.

Era una poco más baja que él. Llevaba unas medias blancas y los zapatos eran negros. El pelo rubio se lo sujetaba con una cinta azul.

—Oye— continuó la niña—, si te esperas, te puedo conseguir una tarta para tu abuela. Mi padre me deja. ¿Quieres?

Lo dijo con mucha ilusión, mirando atentamente a Cucho, pero a éste le entró una vergüenza muy grande y lo único que se le ocurrió fue decirle:

—No, gracias, a mi abuela no le gustan las tartas.

—Bueno... —dijo Celia, muy cortada,

como disculpándose por el ofrecimiento—. Adiós.

Y entró en la tienda. Cuchó pensó que con aquella niña tenía muy mala suerte y siempre decía algo que no quería decir. Esta vez lo sintió tanto, que hasta se le puso un nudo en la garganta y estuvieron a punto de saltársele las lágrimas.

CUANDO llegó a su casa de la calle de la Luna, la situación era tan extraña que al principio se asustó pensando que a la abuela le había pasado algo.

Como el edificio estaba ruinoso y sólo vivían ellos y don Antonio, nunca había nadie por la escalera. A la vieja portera se la habían llevado unos hijos suyos por miedo a que se le cayera la casa encima.

Por eso, Cucho se asombró cuando, subiendo las escaleras de cuatro en cuatro —era muy fácil porque los escalones, de desgastados que estaban, resultaban muy bajitos—, oyó voces en su piso. Al entrar se encontró con que el que hablaba era el señor bien vestido que se había reído en la calle de Preciados, mientras don Antonio tocaba el clarinete, y le había preguntado en guasa: «¿Me podría dar la dirección de su sastre?».

Pues resultó que no fue guasa. Aquel señor, que se llamaba míster Coke, era el representante de un grupo musical juvenil.

El uniforme le había parecido muy gracioso y apropiado para sus muchachos, que eran cuatro y se titulaban «Roqueros a la luz de la Luna».

Míster Coke, que había seguido a don Antonio y se había enterado de quién le había hecho el uniforme, se había ido a buscar a los roqueros. Y allí estaba para encargarle cuatro uniformes a la abuela.

La señora estaba sentada en la mesa-camilla y don Antonio, en el centro de la habitación, con su uniforme; porque míster Coke lo tenía como modelo y explicaba a la abuela cómo los quería para sus muchachos.

La señora suponía que aquel señor estaba loco, porque, como era inglés y hablaba muy mal español, apenas le entendía lo que decía. O sea que, entre lo mal que hablaba míster Coke, lo sorda que estaba la abuela y lo atontado que era don Antonio, aquello era un lío. Los cuatro «Roqueros a la luz de la Luna» no abrían la boca.

Pero Cucho sí se enteró de lo que quería el inglés.

—Abuela —le explicó—, lo que quiere este señor es que les hagas a estos chicos unos uniformes como el de don Antonio.

—¿Para ir al colegio? —se interesó la señora.

—¡No, no colegio! —gritó el inglés—. Ellos *ser* músicos, muy burros y muy desobedientes. Pero yo *enseñarles*.

—¡Ah, bueno! —dijo la abuela—. A mí me da lo mismo.

Quería decir que a ella le daba lo mismo que fueran al colegio o no, o que fueran burros o desobedientes. Ella les hacía los uniformes y asunto acabado.

—¡Muy bien, muy bien! —se entusiasmó el inglés—. Pero yo *querer* más ojales fuera de los botones.

Mientras decía esto, miraba con gran admiración el uniforme de don Antonio, con los ojales cada uno por su lado, como si fueran estrellas errantes.

—Señora —le dijo a la abuela—, el detalle de poner los ojales sin los botones ¡*ser* genial! ¡*Dar* sensación de gran libertad! ¡Por eso yo *querer* muchos ojales en libertad!

—¿Qué dice? —le preguntó la abuela a Cucho.

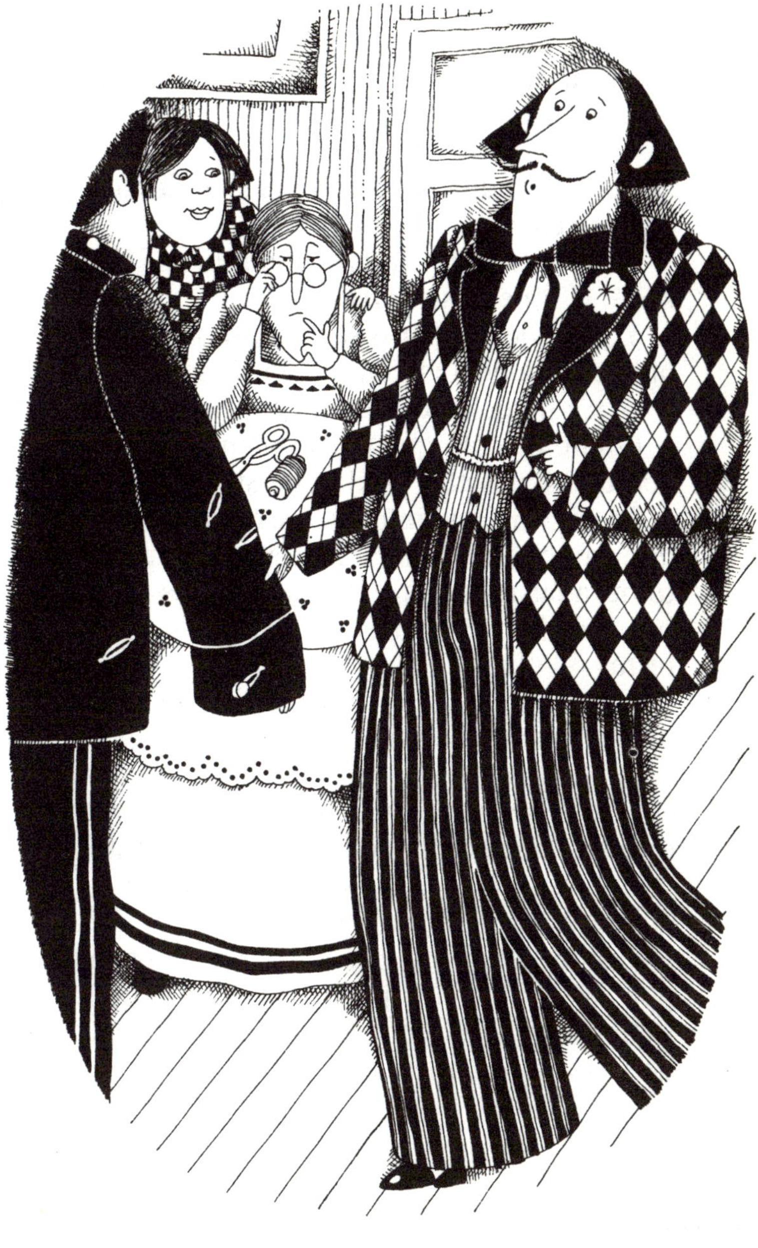

—Que quiere que le pongas más ojales a los uniformes.

—Yo les pongo los que quiera. Pero le costará más dinero, porque el hilo dorado es muy caro.

—Yo *entender* —interrumpió míster Coke—; el dinero no *importar*.

Y para demostrarlo sacó un montón de billetes que dejó encima de la mesa.

—¿*Ser* suficiente adelanto? —preguntó.

Cucho calculó que por lo menos habría veinte mil pesetas, y dijo que sí.

Lo que más admiró a míster Coke fue que cuando le dijo a la señora que les tomara las medidas a los muchachos para hacerles los uniformes, la abuela le contestó:

—No hace falta, ya me he hecho idea más o menos de cómo son los chicos, y creo que acertaré.

—¡Oh, señora, usted *ser* genial! ¡Como el gran Petroski de París, el mejor modisto del mundo! El nunca *necesitar* tomar medidas. *Bastarle* con la vista.

Cucho se quedó un poco preocupado porque su abuela, a pesar de las gafas que le había regalado el director de la escuela, de vista seguía regular.

A CUENTA de los uniformes de los «Roqueros a la luz de la Luna» celebraron una Nochebuena como hacía años que no la recordaba Cucho. Invitaron a don Antonio, que vivía solo, y se subió con el clarinete y tres cajones de madera grandes.

—No será un regalo... —se mosqueó la abuela—. Ya sabe usted que está invitado a todo.

—Pues sí, señora —replicó el músico—, es el mejor regalo que les podía hacer. Anda, ayúdame, Cucho.

En los cajones venía un nacimiento viejo, pero completo. Con gran habilidad, don Antonio, que era un artista, se puso a montarlo con ayuda de Cucho. Lo único que faltaba era el musgo, y el chico, a todo correr, se fue a comprarlo a la Plaza Mayor, que era donde lo vendían.

Don Antonio era tan habilidoso que consiguió enganchar una goma al grifo de la cocina, la disimuló entre las montañas del nacimiento y, abriendo un poco el grifo, corría el agua como si fuera un arroyo. También puso luces que iluminaron el portal de Belén, y una chiquitita, de color rojo, parecía la hoguera de los pastores.

La abuela les asó un pollo relleno de manzanas y ciruelas, que también se comían, con patatas fritas, cebollitas y setas.

Ella sólo comió un poco de la pechuga, pero don Antonio y Cucho lo dejaron pelado hasta los huesos.

—Señora —le alabó el músico—, no sólo es usted una artista cosiendo, sino que, además, es una excelente cocinera.

A Cucho, cuando fuera mayor, le gustaría ser tan educado como don Antonio, aunque con menos vergüenza para ganar dinero.

De postre tomaron toda clase de turrones. La abuela sólo tomó del blando; en cambio se bebió una copa de anís, que le gustaba mucho.

Después de cenar se pusieron a cantar villancicos junto al nacimiento. Al principio los tres, incluso la abuela con su voz cascada, pero al poco tiempo sacó don Antonio el clarinete y empezó a tocar. Lo hizo con tanto sentimiento y tan maravillosamente que la abuela se puso a llorar, tomó al Niño Jesús de la cuna y lo besó.

En ese momento oyeron ruido en el descansillo de la escalera. Cucho abrió la puerta y se encontró con míster Coke. Como estaba solo en un hotel, en Madrid, se le ocurrió acercarse a la calle de la Luna para felicitarles las Pascuas. Pero al llegar a la puerta del ático y oír aquella música mágica del clarinete, no se atrevió a llamar porque también se emocionó.

Cuando le invitaron a entrar, le puso la mano en el hombro a don Antonio y le dijo:

—Usted *saber* tocar, ¡no como los burros de mis roqueros! ¡Pero yo les enseñaré y usted me ayudará!

AQUELLAS Navidades que empezaron tan tristes, terminaron muy bien. Míster Coke iba por el ático de la calle de la Luna cada pocos días, para admirar la obra de la abuela en la confección de los uniformes. La víspera del día de Reyes le dijo a Cucho:

—Mañana, cuando tú *despertar*, ven a mi hotel. Yo *escribir* a los Reyes Magos.

Así lo hizo Cucho, y el día seis de enero se presentó en el hotel de míster Coke, subió a su habitación, y el inglés ya le estaba esperando sonriente.

—¡Mira! ¡Mira! —le dijo, y le mostró lo que le habían traído los Reyes, que era un jersey, unos pantalones de pana, otros vaqueros, un *anorak*, unos zapatos y unas botas. Y, además, un balón de reglamento.

—Yo *comprender* —se excusó míster Coke —que esta ropa no *ser* genial como la de madame Petroska, pero *abrigar* muy bien.

El inglés le llamaba a la abuela madame Petroska, en memoria de Petroski, el gran modisto francés.

Cucho dio gracias a Dios de que míster Coke estuviera tan loco, y de que le hicieran tanto caso los Reyes Magos, porque en su vida había tenido una ropa tan buena.

Cuando al día siguiente empezó la escuela y los chicos y chicas le vieron tan elegante, le preguntaron qué había pasado.

—Es que ahora —explicó Cucho, sin darle importancia— mi abuela es la modista de los «Roqueros a la luz de la Luna»...

No le dejaron seguir explicando, porque resultó que muchos chicos eran grandes admiradores de esos roqueros. Cucho nunca había oído hablar de ellos antes de aquellas Navidades porque, como no tenía radio, ni televisión, ni casete, ni tocadiscos, no estaba enterado de las novedades musicales. Pero otros niños sí, especialmente la sabelotodo de Celia, que debería haber estado enfadada con él por el desprecio que le hizo cuando le ofreció la tarta para su abuela; pero, por lo visto, no lo estaba, porque le dijo muy emocionada:

—¡Qué suerte tienes, Cucho! ¡A mí me encantan! Tengo todos sus discos.

Lo malo fue que como le vieron tan bien vestido y su abuela estaba trabajando para unos artistas tan conocidos, ni se les ocurrió pensar que Cucho seguía necesitando los famosos bocadillos que tan buena solución habían sido para su abuela y para él antes de las Navidades.

Y los seguía necesitando porque, pasado Reyes, la abuela terminó los uniformes de los roqueros. Y aunque míster Coke se los pagó muy bien, Cucho, que ya empezaba a entender de dinero, se dio cuenta de que en un mes se les acabaría.

Míster Coke se los pagó tan bien porque vistió a los chicos con ellos y dijo que con aquellas fantasías el grupo roquero haría un gran impacto en el público.

Cucho estaba asombrado de que así vestidos fueran a tener éxito, porque, como madame Petroska había tomado las medidas a ojo, cada cosa quedó por su sitio. Y le ocurrió lo que aquella vez que a una de las chaquetas le cosió la pernera de un pantalón.

—¡Muy original, madame Petroska! —se entusiasmaba míster Coke.

El caso es que juntó a sus chicos, los instrumentos y los uniformes, y se fueron a las Islas Canarias, que en invierno estaban muy de moda y en donde los «Roqueros a la luz de la Luna» tenían varias actuaciones contratadas. Para colmo se llevó a don Antonio para que enseñase a los muchachos a tocar mejor. O sea, que se quedaron, la abuela y él, solos en el edificio. ¡Qué tristeza!

CUCHO SE FUE a la Plaza de España a ver si encontraba al «Langosta». Efectivamente, allí estaba el hombre, tan peludo y feliz como antes, con su tenderete en el suelo repleto de collares, pulseras y chorraditas por el estilo. Se alegró mucho de ver a Cucho y se frotó la barriga con satisfacción anticipada, al tiempo que le decía:

—¡A ver dónde están esos formidables bocadillos! ¡Te vas a forrar a venderlos!

Cucho negó con la cabeza.

—¿Qué pasa? —se extrañó el «Langosta».

—No traigo bocadillos —explicó el chico.

—Pero ¿por qué? ¡Si pasadas las Navidades los guardias nos dejan tranquilos y otros compañeros ya me han preguntado por ti...!

—Como los chicos de la escuela me ven vestido tan elegante, piensan que no los necesito. Y a mí me da vergüenza pedírselos.

—Es verdad, vas muy elegante —cayó en la cuenta el «Langosta»—. Explícame cómo ha sido eso.

Cucho le contó todo lo de míster Coke y terminó diciéndole que había venido en su busca para ver si se le ocurría algún trabajo para él.

El «Langosta» se quedó muy preocupado porque no sabía en qué podía trabajar un niño de diez años. De todos modos le dijo que se lo pensaría, y que volviera al día siguiente, como así hizo el chico.

El «Langosta» se lo había pensado y le dijo:

—Lo único que se me ha ocurrido es que podrías ayudar al tío Ambrosio, que ya casi no puede ni con el carro.

El tío Ambrosio era el pipero. Tenía un puestecito en el que vendía pipas, cacahuetes, caramelos, regaliz, anises, chicles, chufas y piruletas. Era viejísimo y en el invierno estaba envuelto en tantas mantas que apenas se le veía. Su puesto consistía en un carrito con dos ruedas de bicicleta y dos patas. Se lo colocaba delante de él, sacaba una sillita de madera, plegable, se envolvía en las mantas y esperaba que los niños vinieran a comprarle. Se pasaba parte del tiempo dormido, y algunos chicos, que ya lo sabían, se aprovechaban para quitarle caramelos sin pagarle.

A veces tenía el carrito medio vacío porque le faltaban las fuerzas para ir hasta el almacén a reponer las pocas chucherías vendidas.

Cucho lo conocía de siempre porque, como la Plaza de España estaba cerca de su casa, le había comprado pipas desde que aprendió a comerlas.

Al chico el ofrecimiento del «Langosta» no le pareció muy interesante porque se figuraba que, en un negocio tan mísero como el del tío Ambrosio, poco le tocaría a él, sólo por ayudar. Pero como no tenía otra cosa mejor, aceptó.

El «Langosta» le acompañó a donde estaba el anciano, que parecía no enterarse de lo que le explicaba el peludo. Pero vaya si se enteró, porque le dijo al «Langosta»:

—Bueno, puede ayudarme a traer y llevar el carro todos los días. A ir al almacén de frutos secos a comprarme la mercancía, y a vigilar que los chicos no me quiten cosas.

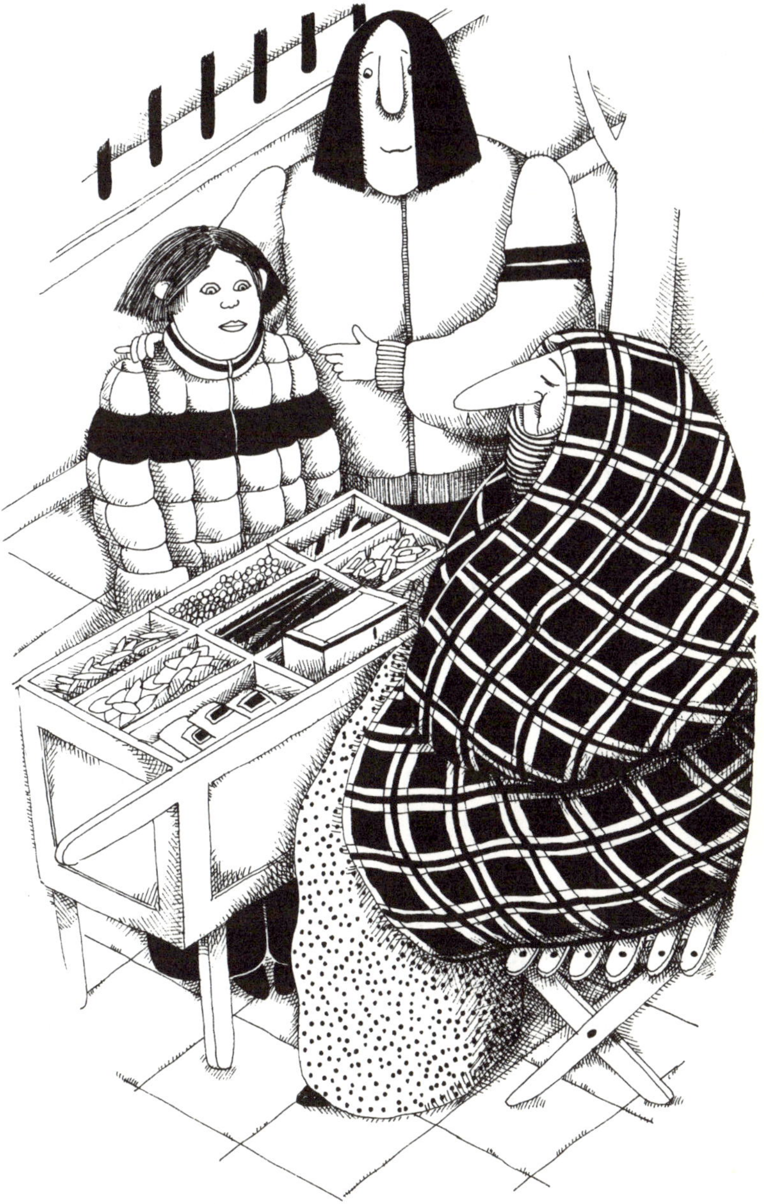

Después de un párrafo tan largo, que lo dijo jadeante, hundió la cabeza entre las mantas —las tenía colocadas a su alrededor en forma de tienda de campaña— como si se hubiera muerto. Pero a los poco momentos volvió asomar la cabeza y le preguntó al «Langosta»:

—¿Y no será él mismo el que se ocupe de robarme?

—Yo respondo de que Cucho es un chico incapaz de quitarle nada —le contestó el «Langosta».

El anciano, después de hacer un gesto de conformidad, porque el «Langosta» tenía mucho prestigio en la Plaza, volvió a hundir la cabeza en su tienda de campaña.

CUCHO EMPEZO su nuevo trabajo conforme al plan que había señalado el dueño del negocio. Como por las mañanas hacía mucho frío, el chico no iba a buscar al tío Ambrosio hasta las doce y media, que era cuando él salía de la escuela.

El anciano vivía solo en una especie de sótano en una callejuela a espaldas de la

Plaza. En el mismo sótano guardaba su carrito. El tío Ambrosio le explicó dónde estaba el almacén, y el ir allí a comprar las chucherías, que luego colocaba en el carro, era lo que más le gustaba a Cucho. Le parecía un lugar fascinante en el que había de todo; muchas más cosas que las que vendía el tío Ambrosio. De mayor le gustaría tener un almacén así. Había enormes bastones de caramelo, *chupa-chups*, bolsas de patatas fritas, de palomitas, de aceitunas, cebollitas en vinagre, pepinillos, en fin, de todo.

A las cinco de la tarde salía de la escuela y era cuando ayudaba al anciano a vender, y luego le volvía a llevar a casa.

Los sábados y domingos, que no tenía escuela, le dedicaba todo el día. Era cuando más vendían, porque la Plaza se llenaba de gente; sobre todo si hacía sol. En ese aspecto tuvieron mucha suerte, porque fue un mes de enero muy soleado, y el tío Ambrosio sacaba la cabeza de entre las mantas para calentarse la cara, que siempre la tenía helada. Cuando hacía sol, decía que era muy feliz. Cucho también lo era, porque aprendió el manejo del puesto. Y mejoró el negocio subiendo los precios, que el tío Ambrosio, por distracción, los tenía muy bajos.

A pesar de todo, el anciano le pagaba muy poco y no siempre igual. Unas veces le daba cinco duros; otras, algo más; y los sábados y domingos, veinte duros. Cucho no se quejaba porque comprendía que el negocio era muy pobre. Además, le gustaba porque le daba la sensación de ser un comerciante importante, con su puesto, como el «Langosta» y los demás. Lo que más sentía era tener que dejar a su abuela sola en el edificio casi todo el día. Pero no le veía la solución, ya que, por lo menos, entre el dinero que les quedaba de los uniformes que hizo a míster Coke y lo que ganaba él, podía comprar la leche para la abuela, algo de pan, lentejas y garbanzos. Menos mal que madame Petroska era muy buena cocinera y con cualquier cosa hacía un guiso muy rico.

En el mes de febrero vino una ola de frío terrible, con vientos y nieves, y uno de los días que Cucho fue a buscar al tío Ambrosio, éste le dijo que no se podía levantar de la cama porque le dolía todo el cuerpo. Volvió al día siguiente, y al anciano le pasaba lo mismo. Al tercer día, Cucho le dijo que, si quería, él podía sacar el carro y ocuparse del negocio.

El tío Ambrosio asomó la cabeza por entre las mantas, ya que aun estando en la cama se arrebujaba como en el puesto, pues el sótano era muy frío y húmedo. Miró muy fijo a Cucho y le contestó:

—Haz lo que quieras, hijo.

Es decir, que le dejó sacar su carro porque ya se había dado cuenta de que el chico no le robaba. Y prueba de ello fue que, además del carro, le dio también dinero que guardaba debajo del colchón, para comprar mercancías en el almacén.

DESDE ESE día la vida de Cucho cambió completamente.

Como el anciano tampoco se pudo levantar de la cama en los sucesivos días, el chico se tuvo que hacer cargo de todo lo relativo al negocio.

Al principio compraba las mismas cosas que el tío Ambrosio: pipas, cacahuetes, caramelos, regaliz, anises, chicles, chufas y piruletas. Pero luego se dio cuenta de que a los niños también les gustaban los bastones de caramelos, los *chupa-chups*, las patatas fritas y, sobre todo, los cromos; y amplió el negocio. Como la nueva mercancía no le cabía en el carrito, colocó maderas en forma de tenderete, de las que colgaban paquetes, sobres de cromos y hasta tebeos usados. El «Langosta» le ayudó a hacer el tenderete.

El carro estaba bastante guarro porque hacía ya mucho tiempo que el tío Ambrosio justo si podía arrastrarlo, y no tenía ánimos para arreglarlo. Por eso Cucho lo mejoró mucho, e incluso, con unas cortinas viejas que le recortó la abuela, tapó las ruedas de la bicicleta, que hacían muy feo.

Con todas estas mejoras vendía mucho más. Por las noches le llevaba el dinero al tío Ambrosio que, aunque cada vez parecía más enfermo, como la cabeza la tenía muy lúcida, se daba cuenta de lo bien que vendía el chico. Por eso le dijo:

—Mira, mientras siga en la cama, iremos a medias en el negocio.

Luego le miró con aire de recelo y añadió:

—Pero no te hagas ilusiones, porque para la primavera me pienso poner bueno.

—Sí, señor —se limitó a decir el chico.

Desde aquel día, por las noches, Cucho le hacía las cuentas de lo que había gastado comprando chucherías y de lo que había vendido; y con la diferencia hacía dos partes. El tío Ambrosio seguía muy atento las cuentas y veía su parte con avidez, porque al pobre viejo le daba mucha tranquilidad meter el dinero debajo del colchón. Solía decirle a Cucho:

—No hay mejor medicina para un enfermo que una buena cataplasma de billetes.

Cucho no sabía lo que significaba eso. El tomaba su parte, que unas veces era sólo veinte duros, pero algunos domingos llegaba hasta las quinientas pesetas. Es decir, otra vez volvió la prosperidad al ático de la calle de la Luna, porque con aquel dinero podían comer muy bien.

A todo esto, Cucho tuvo que dejar de ir a la escuela porque atender el negocio le llevaba mucho tiempo. Por eso se pegó un susto muy grande cuando un día, de repente, se encontró frente a él a don Anselmo, el director, con un aire muy enfadado y los ojos más bizcos que nunca. Sin tan siquiera saludarle, le gritó:

—¿Se puede saber por qué has dejado de ir a la escuela?

Esta vez el director estaba muy colérico. Cucho se asustó, temiendo que no se le pasaría el enfado, como otras veces, porque se daba cuenta que lo de no ir a la escuela era una cosa muy grave. Le había oído repetir a don Anselmo que los niños que de pequeños no iban al colegio, de mayores terminaban en la cárcel. Por eso, balbuceando, se defendió con lo primero que se le vino a la cabeza:

—Es que..., es que... el tío Ambrosio está muy enfermo y si no cuido yo del puesto, no puede comer.

—¿Cómo el tío Ambrosio? —se enfureció aún más el director—. ¿Pero no era tu abuela la que estaba mala?

—Sí..., sí, mi abuela también lo está —le contestó con un hilo de voz, de asustado que estaba.

—¡Pero qué familia tienes tú! ¡Tu abuela está mala, tu tío está enfermo! ¿Pero es que no hay nadie sano en tu casa?

Don Anselmo se había armado un lío y creyó que el tío Ambrosio era su tío de verdad. Cucho no se atrevió a sacarle de su error, y se quedó callado, temiendo que don Anselmo no esperara a que fuera mayor y le metiera en la cárcel ya.

No sólo se quedó callado sino que le asomaron unas lágrimas a los ojos, pues tampoco olvidaba la amenaza de la vecina, de que a su abuela había que meterla en un asilo.

Don Anselmo se ajustó las gafas; y así se fijó en la pena del chico, cambió el tono:

—Bueno..., bueno... Vamos a ver si encontramos alguna solución... Y ¿hasta cuándo crees que vas a estar sin poder ir a la escuela?

—El tío Ambrosio dice que en la primavera se pondrá bueno.

A don Anselmo le dio la risa por esta frase del chico, y le dijo:

—Espero que tu tío acierte. Bueno, de todos modos, para que no te quedes tan retrasado, te mandaré con algún compañero los ejercicios que vamos haciendo. ¿Te parece bien?

—Sí, señor —le contestó, todo emocionado, Cucho.

—Tú los haces por tu cuenta y me los llevas a la escuela para que te los corrija, por ejemplo, los sábados. ¿Te parece bien?

—Sí, señor.

De repente, don Anselmo bizqueó de una forma alarmante, le dio otro ataque de cólera y le gritó:

—¡Maldita sea! ¡Lo único que me falta ya es ir a darte clases a tu casa!

Pero a continuación se fijó en los bastones de caramelo, se calmó, y le preguntó a Cucho:

—¿Cuánto valen?

—Veinticinco pesetas.

—Le voy a llevar uno a mi hijo. Claro, que también le tengo que llevar algo a la niña. ¡Caramba! —se admiró—, qué bien surtido tienes el puesto; tienes de todo. ¿Qué me recomiendas para la chica?

—¿Cuántos años tiene? —preguntó Cucho con aire muy profesional.

—Ocho años.

—¿Sabe usted si hace colección de cromos?

—Creo que sí.

—Entonces llévele estos sobres y... —reflexionó Cucho— un par de *chupa-chups*.

El director se puso muy dócil y compró lo que le había indicado Cucho. Pero cuando quiso pagarle, el chico no le quería cobrar. El director, muy digno, le conminó:

—Yo no admito regalos de mis alumnos. ¡Cobra!

A Cucho no le quedó más remedio que obedecer.

El director se despidió, pero, según se iba, se volvió para preguntarle:

—¿Le sirvieron a tu abuela las gafas que te di?

—Sí, señor; mire, estas cortinas me las ha cosido ella.

—Están muy bien, están muy bien. Vaya... me alegro.

En aquel momento comenzó a nevar y don Anselmo se levantó el cuello del abrigo para protegerse, y empezó a caminar.

También se enrolló mejor la bufanda alrededor de su cuello, y con un extremo se tapó la boca. Como así no podía hablar, se despidió de Cucho agitando una mano. El chico se extrañó de que un señor tan mayor tuviera una hija tan pequeña. Pensó que unos niños que tuvieran un padre así serían más felices que él. Pero luego volvió a pensar que, a lo mejor, aquellos niños no tenían abuela y él sí. O sea, que estaban igual.

Al día siguiente sí que sintió Cucho no poder ir a la escuela, porque, como había seguido nevando toda la noche, Madrid amaneció cubierto por una nevada preciosa. El recordaba muy pocas nevadas en su vida, pero lo que no podía olvidar era lo bien que se lo había pasado en todas ellas, tirándose bolas de nieve en el patio de la escuela.

Se resignó y se fue al sotanillo del tío Ambrosio, haciendo, por el camino, la guerra de bolas por su cuenta. En las calles había poca gente, y la Plaza de España estaba casi desierta, pero con la nieve muy bien cuajada. Hacía unas bolas perfectas, muy apretadas, y con ellas atinaba a todos los faroles.

Unos chicos a los que no conocía de nada, y que eran tres, le empezaron a tirar bolas y él se defendió muy bien. Pero tuvo que escaparse corriendo porque, como no tenía guantes, las manos se le pusieron tan heladas que no las notaba.

Cuando llegó a casa del tío Ambrosio, llamó a la puerta y ésta no se abrió, aunque gritó: «¡Tío Ambrosio, que soy yo!». Lo hizo porque el tío Ambrosio sólo abría a los que conocía, tirando de una cuerda que había atado al picaporte de la puerta, para no tener que levantarse de la cama.

Volvió a dar voces y el que apareció fue Román, un zapatero enano o, por lo menos, muy bajito, que tenía un local para arreglar zapatos pegado al sotanillo del tío Ambrosio. Era muy amigo del anciano y a Cucho ya le conocía de verle por allí.

—Al tío Ambrosio se lo llevaron anoche al hospital.

Cucho se calló porque no sabía lo que había que hacer en casos así.

El enano estaba triste y le siguió explicando:

—Se puso muy malo y casi no podía respirar. Menos mal que yo llamé a una ambulancia; si no, se nos muere aquí.

Le explicó más cosas de la enfermedad del anciano, pero Cucho no las entendió. Cuando terminó de hablar el zapatero, el niño se despidió:

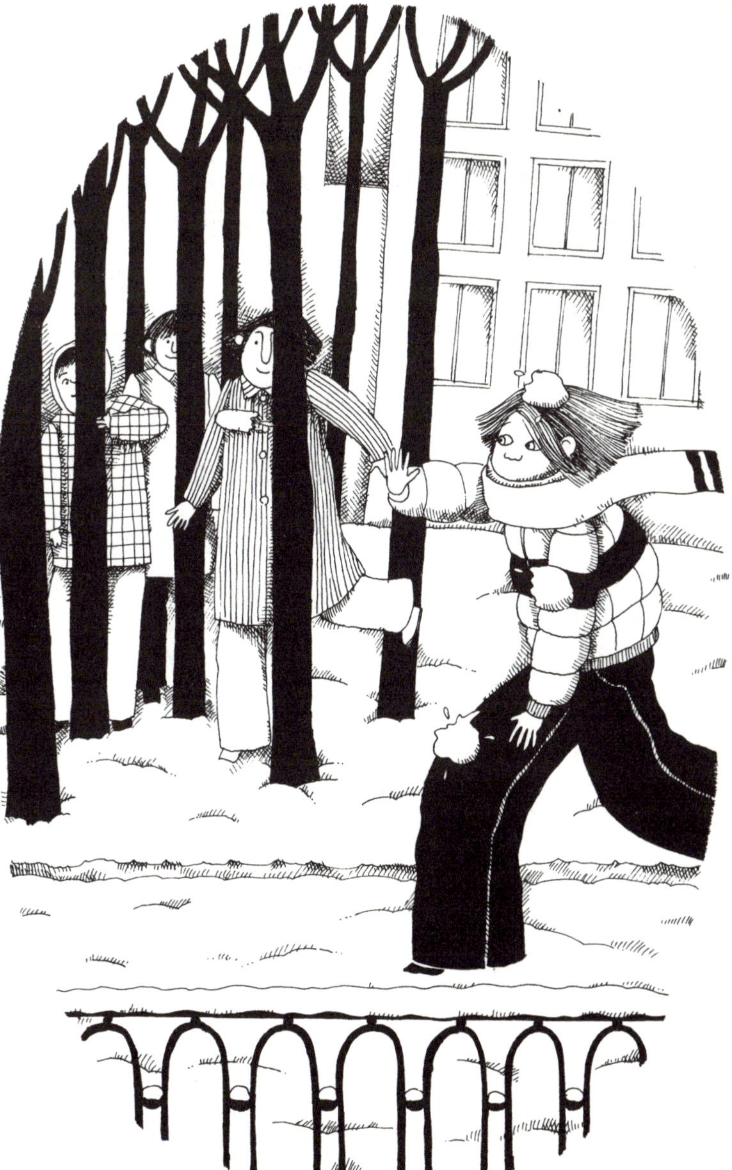

—Bueno, pues ya volveré mañana a ver si se ha puesto bueno.

El enano movió la cabeza, con pesimismo:

—Lo del tío Ambrosio no va para un día, ni para un mes. Va para largo. Si es que vuelve...

—A mí me dijo —le explicó Cucho— que en la primavera se pondría bueno.

Al enano, dentro de su tristeza, le asomó una sonrisa, y comentó:

—Eso es lo que quisiéramos todos. Ponernos buenos en primavera...

A Cucho no se le ocurría nada más que decir, y se despidió. Pero el zapatero le llamó:

—¡Oye! ¿Pero no te llevas el carro?

El chico se encogió de hombros; no sabía si se lo podía llevar o no, pero el zapatero le dijo que se lo llevara y que ya arreglaría cuentas con el tío Ambrosio cuando volviera..., si es que volvía.

A PARTIR de aquel día comenzó un nuevo modo de trabajar para Cucho, porque cuando, por la noche, volvió al sotanillo para dejar el carro, se lo encontró todo cerrado, incluso la zapatería del señor Román. Como no estaba dispuesto a dejar el carro en medio de la calle, lo único que se le ocurrió fue llevárselo a su casa y guardarlo en el portal.

Al día siguiente se lo contó al «Langosta» y a éste le pareció muy bien lo que había hecho. Cucho pensaba —aunque no se lo decía a nadie— que, después de la abuela, al que más quería en este mundo era al «Langosta». Porque desde que se había hecho cargo del puesto de chucherías, el peludo había trasladado su tenderete de collares junto al carro y le aconsejaba en todo lo que tenía que hacer.

Por ejemplo, desde que se quedó con el carro, le recomendó que vendiera, también, tabaco y cerillas. Y fue un acierto, pues muchos padres que se acercaban con sus hijos compraban tabaco.

Además, el «Langosta» le decía qué precio tenía que poner al paquete, y solía ser un duro más de lo que costaba en el estanco.

El «Langosta» tenía novia. A Cucho le parecía muy fea, pero era simpatiquísima. Muchos días ayudaba a su novio en la venta.

Cómo serían de amigos, que algunas

noches, cuando acababan, solían cenar en la casa de la calle de la Luna, y el «Langosta» y su novia, que se llamaba Malena, decían que madame Petroska era la mejor cocinera del mundo. Lo decían porque como el «Langosta» estaba acostumbrado a comer a base de bocadillos de mortadela, los guisos de la abuela le parecían deliciosos.

El «Langosta» le acompañó un día a ver a Román, el zapatero, para que no pensara que Cucho se había quedado con el carro. Fueron una tarde y, aunque la zapatería estaba cerrada, el «Langosta» supo dónde encontrarlo, pues conocía a todos los que trabajaban alrededor de la Plaza de España. Por eso sabía que el enano estaría en un bar cercano, como de costumbre.

Encontraron al zapatero muy alegre; le pareció muy bien todo lo que le contaron. Le explicaron que estaban guardando la parte del dinero que le correspondía al tío Ambrosio. Al decir esto, la risa del zapatero se cambió en llanto, porque estaba un poco borracho y le dio por decir que el tío Ambrosio ya no saldría nunca más del hospital.

El caso es que Cucho se quedó administrando el negocio de chucherías oficialmente. Además, era un negocio legal, ya que el tío Ambrosio tenía licencia municipal de vendedor ambulante, y aunque llegaran las Navidades no le podían echar. Por eso el «Langosta» le explicó cómo tenía que pagar al guardia la licencia, para no perder los derechos.

Al guardia municipal no le extrañó que le pagase Cucho porque pensó que era el nieto del señor Ambrosio. Es más, le dijo:

—Que se mejore tu abuelo.

—Muchas gracias —le contestó Cucho, que ya estaba aprendiendo a no hablar más de lo necesario.

DESDE QUE guardaba el carro en la calle de la Luna, su abuela se dedicó a engalanarlo, ya que estaba tan emocionada con el negocio como su nieto. Para llegar al portal tenía que bajar los cuatro pisos del edificio y le costaba muchísimo por su cojera. Para subir la sentaban en una silla y la remontaban entre el «Langosta» y su novia, Malena, que, además de fea y simpática, era fortísima.

Madame Petroska le puso adornos de telas de colorines y un toldo de franjas rojas y blancas para que no se mojara la mercancía cuando lloviera. Quedó un toldo de mucha fantasía, que hubiera encantado a míster Coke.

Resultaba tan llamativo que los niños, los domingos, hacían cola para comprar. Entre esa cola, un día apareció Celia, la sabelotodo. Cucho se quedó cortadísimo. La niña le dijo:

—Hola, Cucho, ¿qué tal? ¿Cómo estás?

El, en cambio, no supo qué decirle.

Parecía que no venía a comprar, sino a fisgar, y el chico decidió no hacerle caso y siguió atendiendo a los chavales. En un momento en que no había niños, le dijo Celia:

—¡Lo tienes precioso!

Como Celia era un poco cursi, a Cucho no le hizo mucha impresión esa exclamación. Pero luego se fijó en la cara de la niña y pensó que lo decía de verdad, porque los ojos le brillaban con gran emoción. La prueba es que añadió:

—¡Qué suerte tienes!

Resultaba extraño que la niña que tenía la pastelería mejor del barrio se entusiasmara ante un puesto de pipas.

—Mira, yo que tú —continuó Celia—,

vendería también muñequitos, relojes de juguete, pulseras...

Incluso, sin pedirle permiso, empezó a colocarle algunas chucherías de manera más ordenada. Estaba tan encantada que ni tan siquiera miraba a Cucho, sino sólo al puesto. En cambio, el chico la miraba a ella, porque era la niña más guapa que había visto en su vida. Además, vestía elegantísimamente, aunque le extrañó que, siendo domingo, llevase la cartera del colegio.

Cuando llegaba algún niño a comprar, se quedaba fascinada viendo cómo Cucho le atendía y le cobraba dinero; pero dinero de verdad, no los papelitos que servían de billetes para jugar a las tiendas, con sus amigas.

—Si a mí me dejase mi padre, también podría vender en la pastelería, como tú.

Eso, recordó Cucho, ya se lo había dicho la niña en Navidad, cuando le quiso regalar la tarta para su abuela.

—Ya —se animó a hablar—, pero tu padre quiere que seas abogado o médico.

La niña asintió tristemente.

—Bueno —la consoló Cucho—, lo de ser médico o abogado tampoco está mal.

Pero la vio tan triste que la dejó seguir toqueteando las chucherías, cosa que no le consentía a nadie.

La sorpresa vino cuando la niña le dijo:

—Oye, vengo a traerte y a explicarte los ejercicios que hemos hecho. Me ha mandado don Anselmo.

Y, sin más explicaciones, abrió la cartera y sacó un montón de papeles.

—¿Y... por qué te... ha mandado a ti? —balbuceó Cucho extrañadísimo.

—Bueno, porque yo soy...

Se puso colorada, sin atreverse a seguir, pues le daba vergüenza decir que era la primera de la clase. Pero lo era, y por eso don Anselmo la había mandado para que explicase los ejercicios a aquel desgraciado que tenía tantos parientes enfermos.

Se los explicaba muy bien, mucho mejor que la señorita, y cuando le salían mal se enfadaba con Cucho y le insultaba:

—¡Pero no seas bestia! ¿Es que no te has enterado?

A Cucho le parecía muy bien que le insultase, porque así se daba cuenta de que no era verdad que fuera una cursi, como decían los chicos que le tenían envidia.

De todos modos, por las noches, procuraba hacer los ejercicios en su casa lo mejor posible, para quedar bien con la niña.

Al principio, Celia sólo iba los sábados o domingos, pero después empezó a ir casi todos los días, porque así no se amontonaban los ejercicios. Los días ya eran más largos, pues la primavera estaba próxima. Entonces solía ocurrir que Cucho se ponía a hacer los deberes, mientras Celia se ocupaba de despachar en el puesto.

A todo esto, Cucho había cumplido los once años, y ya más feliz no se podía ser en la vida.

Celia se salió con la suya y empezaron a vender en el puesto muñequitos, trompetas, relojes, insignias y sobres-sorpresa.

El «Langosta» y Malena estaban admirados de que una chica tan elegante despachase en un puesto de chucherías. El «Langosta» le decía a Cucho:

—Eso es que está enamorada de ti. La tienes en el bote.

Al chico no le gustaban nada esas bromas. Malena se daba cuenta y le defendía:

—¡Déjale en paz! Son buenos amigos y nada más. Además, la chica le ayuda en sus estudios.

Más felices no podían ser todos. Hasta la abuela, que, con ayuda de un bastón, lograba, aunque muy despacio, subir y bajar las escaleras. Así podía hacer la compra, porque ya era muy corriente que fuesen a comer el «Langosta» y su novia, que no eran ningunos gorrones, ya que todos los días que iban llevaban el aperitivo o el postre, y algunas veces ponían la comida completa.

Pero una tarde, justo la del 21 de marzo, primer día de primavera, apareció Román, el zapatero, con los ojos llorosos, como de haber bebido, y les dijo:

—El tío Ambrosio se ha muerto.

Cucho se quedó desconcertado porque había sucedido lo contrario de lo que le había dicho el anciano. Este le había advertido que para la primavera se curaría, y resultaba que se había muerto. Lo único que se le ocurrió decir fue:

—¿Y qué hacemos con su dinero?

Lo dijo porque, durante el mes en que había estado el anciano en el hospital, el chico había apartado la mitad de las ganancias, y las guardaba en un sitio que sólo conocían su abuela y él. Y eran, ya, nueve mil pesetas.

Malena le dijo a Cucho, por lo bajo, que era muy feo hablar del dinero de un recién difunto. Luego, se dirigió a Román, el zapatero:

—Lo siento mucho, señor Román. Sabemos que era usted su mejor amigo y habrá sentido mucho su muerte. Nosotros también lo sentimos.

Cucho se quedó muy admirado de que

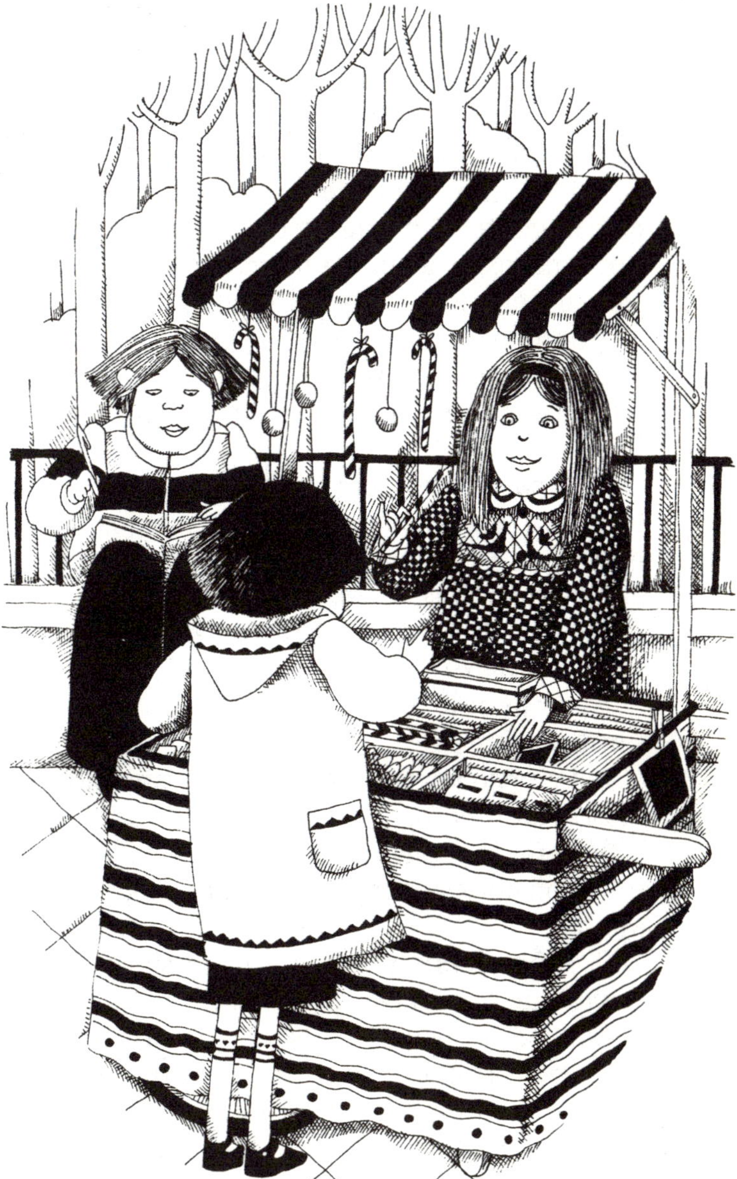

Malena sintiese la muerte del tío Ambrosio, al que apenas conocía. El tampoco sentía nada especial porque no se hacía una idea muy clara de lo sucedido. Sabía que la gente se moría, pero en el caso del tío Ambrosio, al que recordaba envuelto siempre en sus mantas, a modo de tienda de campaña, nunca tuvo la impresión de que estuviera muy vivo, por lo que se figuraba que su muerte habría sido muy fácil.

El zapatero dio las gracias por las palabras de condolencia de Malena y todos se quedaron callados. Fue el «Langosta» el que rompió el silencio:

—Pero el chico tiene razón. ¿Qué hace con su dinero?

Al enano le entró una risa un poco tonta y comentó:

—De poco le va a servir al tío Ambrosio, ahora, su dinero.

Malena le replicó muy digna:

—Podemos encargar un funeral por su alma.

El señor Román volvió a ponerse serio, y dijo que le parecía muy bien.

Malena se ocupó de todo, y a los dos días celebraron un funeral en la Parroquia, al que sólo asistieron el «Langosta», su novia, el zapatero, Cucho y un señor que luego se enteraron que era sobrino del difunto. El sacerdote que ofició era muy viejo, y se veía que conocía bastante bien al tío Ambrosio, porque en la homilía dijo de él cosas que eran verdad. Por ejemplo, que había hecho felices a muchos niños vendiéndoles las chucherías muy baratas. Eso era cierto, y a Cucho le entraron remordimientos de conciencia porque él, lo primero que había hecho al ocuparse del negocio, había sido subir todos los precios.

A la salida de la iglesia fue cuando el zapatero les presentó al sobrino del difunto.

—O sea, que —les explicó el zapatero, hipando, no por la pena sino por la mala costumbre de beber vino a deshoras— este señor, que se llama Jerónimo, es su heredero y con él podéis hablar del dinero.

Jerónimo era un hombre como de treinta años, mal afeitado y con una gabardina muy vieja.

Del dinero hablaron poco, porque al «Langosta» le pareció muy bien encontrarse a un heredero, y sin más comentarios se fueron a la calle de la Luna y le entregaron las nueve mil pesetas.

El «Langosta» quiso explicarle las cuentas, pero no hizo falta, porque a Jerónimo, cuando vio el dinero, se le iluminaron los ojos, lo tomó y, sin apenas dar las gracias, se despidió.

El negocio siguió como antes, con la formidable colaboración de Celia. No sólo le ayudaba a Cucho a vender, sino que iba a conseguir que aprobara el curso, porque ya no fallaba ningún día en llevarle los ejercicios, explicarle lo que habían estudiado y exigirle que se aprendiera todas las lecciones. Además, habían hecho tanta confianza que la niña le llamaba estúpido, imbécil, subnormal, y aun cosas peores, si no hacía los ejercicios a la perfección. O sea, que estaba claro que no era una cursi. Y como a Cucho no le gustaba que pensara que era tonto, estudiaba más que cuando iba a la escuela. Cómo sería la cosa que un día la niña apareció con una carta de don Anselmo para Cucho. La carta decía así:

«Querido amigo: Ya me he enterado del fallecimiento de tu tío, que en paz descanse, y te acompaño en tu sentimiento.

Comprendo que en tales circunstancias tendrás que seguir ocupándote del puesto y no podrás volver por la escuela, como pensabas. Mientras sigas haciendo los ejercicios así, no te preocupes, porque vas bien. Yo te los suelo corregir. También me dice Celia que te estudias las lecciones. A final de curso te haré un pequeño examen y supongo que podrás aprobar.

Un abrazo de tu buen amigo.

ANSELMO».

Cucho por poco se desmaya de la emoción, porque nunca habría podido imaginarse que el mismo director de la escuela le fuera a escribir una carta llamándole «querido amigo», y encima diciéndole que a lo mejor le aprobaban sin ir al colegio. ¡Con la de veces que le había oído decir que los niños que no iban a la escuela terminaban en la cárcel...!

La primavera estaba espléndida, y empezó a hacer tanto calor que Celia le dijo:

—Sería ideal que pudiéramos vender helados. Eso sí sería un buen negocio. Mi padre siempre lo dice: «Como los helados no hay nada.»

Se lo consultaron al «Langosta» y éste meneó la cabeza negativamente:

—Imposible. Para vender helados hace falta un permiso especialísimo. Confórmate con poder seguir con las chucherías.

Aunque Cucho era pequeño y no entendía, se daba cuenta de que su amigo estaba pesimista y receloso. El también se extrañaba de que, desde que se murió el tío Ambrosio, ya no tuviera que hacer dos partes con el dinero. Y se lo preguntó al peludo:

—Oye, «Langosta», ¿y ahora qué pasa con el dinero que saco? ¿De quién es el puesto?

El «Langosta» le contestó, como malhumorado:

—¿No pagas tú la licencia? Pues el puesto es tuyo —pero se lo pensó un poco y añadió—: Tú, por si acaso, no le digas nada al guardia de que se ha muerto el tío Ambrosio.

Malena también parecía preocupada.

Pero Celia y él eran muy felices, y cada vez vendían más, porque muchos chicos de la escuela venían por las tardes a comprar al puesto, sólo para que los atendiera Celia.

DE REPENTE, las catástrofes se desencadenaron una detrás de otra. Y con tal rapidez, que a Cucho apenas le daba tiempo de enterarse de lo que pasaba.

La primera fue la peor, pues consistió, nada menos, en que un chico muy envidioso se chivó al padre de Celia de lo que hacía su hija. Si el pastelero le tenía prohibido a su hija vender en su propia pastelería, que era la más elegante del barrio, es de imaginar su furia cuando se enteró que la niña estaba vendiendo en un puesto de pipas callejero. La castigó sin salir de casa durante un mes, y la chica justo se pudo escapar, a la salida del colegio, para explicárselo a Cucho.

Celia estaba a punto de llorar, y Cucho, pasmado. No sabían cómo despedirse porque les parecía que ya no se iban a ver nunca más. A Cucho lo único que se le ocurrió fue decirle:

—Oye, Celia, era mentira que la crema de los pasteles que me dabas para mi abuela estaba agria..., y tampoco es verdad que a mi abuela no le gusten las tartas.

Aunque era un historia antigua, la chica entendió lo que quería decirle y, sin contestarle nada, se dio media vuelta y echó a correr.

¡Qué desastre! Desde aquel día los ejercicios se los llevaba un chaval de la clase. Se limitaba a dejárselos, y Cucho se limitaba a guardarlos en un cajón, porque había perdido el humor para todo.

Malena le quería consolar, haciéndole comprender que una niña como Celia no podía estar vendiendo en un puesto callejero.

Pero hasta esos consuelos se terminaron cuando sucedió la segunda catástrofe. Consistió en que Jerónimo, el sobrino del difunto Ambrosio, apareció una mañana por la Plaza, reclamando el puesto. Por eso estaban tan preocupados el peludo y su novia. Ellos le habían visto rondando en días anteriores, medio escondido, para conocer cómo funcionaba el negocio que fuera de su tío. Pero no le habían querido decir nada a Cucho, con la esperanza de que el hombre se olvidara del asunto.

También fue mala suerte que la mañana en que apareció el hombre para reclamar el puesto, no estuvieran el «Langosta» y su novia, porque se habían ido al Rastro a comprar mercancía. O, quizá, el hombre eligió ese día porque vio solo a Cucho. El caso es que se le acercó y, sin más, le dijo:

—Bueno, chaval, vengo a hacerme cargo del puesto que era de mi tío. El dinero que hayas ganado estos días te lo puedes quedar.

Llevaba una tranca en la mano, y lo anterior lo dijo como si estuviera muy enfadado. Cucho se quedó mudo al principio, e instintivamente se apartó del carro porque le pareció que aquel hombre llevaba la tranca para pegarle si discutía.

Cuando estaba a una distancia que suponía fuera del alcance del palo, se atrevió a decirle:

—Oiga, pero yo le ayudaba a su tío e íbamos a medias.

—Pues yo no necesito ayuda de nadie, y si la necesito ya te avisaré.

Lo dijo de tal manera que Cucho se asustó y se fue corriendo a su casa, para contárselo a la abuela, a la que encontró llorando. Pensó que sería por lo del puesto, pero luego se dio cuenta de que era imposible que le hubiera dado tiempo de enterarse, y se alarmó todavía más.

—Pero ¿qué pasa, abuela?

La señora, al ver al chico, se secó las lágrimas y le explicó:

—Ha estado el dueño de la casa. Dice que está en ruinas y que nos tenemos que ir. Que si no, avisará a los bomberos.

Cucho no entendía nada. Los bomberos eran los que apagaban los fuegos, y quizá lo que pensaba hacer el dueño era quemar la casa para que se fueran, y luego avisaría a los bomberos para que extinguieran el fuego.

—Pe... pero ¿que nos tenemos que ir... de dónde? —le preguntó a la abuela.
—Del piso.
—Pero ¿adónde vamos a ir?
Al preguntarle esto, la abuela volvió a sollozar y le explicó:
—Me ha dicho que donde yo me tengo que ir es a un asilo.
Al oír la palabra terrible, Cucho no lo pudo remediar y se echó a llorar, también, en brazos de su abuela, que le dijo lo peor:
—No te preocupes, hijo, con lo que ganas en el puesto podremos alquilar alguna habitación para vivir los dos. Dios aprieta, pero no ahoga.
Vaya que si ahogaba, porque Cucho, a continuación, le explicó a la abuela cómo le habían echado del puesto. A la señora le dio un sofoco que pareció que se asfixiaba.

PERO NO se asfixió, y pasado un rato le dijo a Cucho:
—Vámonos a la iglesia.
El chico obedeció y, con gran esfuerzo,

apoyándose ella en su hombro y sujetándose en el bastón, logró llevarla a la iglesia de San Martín, que estaba dos manzanas más arriba. Cucho pensó que la abuela querría pedir ayuda al señor cura, al que conocía, pero la señora ni entró en la sacristía. Se limitó a sentarse en un banco, frente al altar, y luego se estuvo de pie delante de una imagen de la Virgen, que estaba en una gruta como la de Lourdes. Le musitó a Cucho:

—Pídele a la Virgen que nos ayude.

Así lo hizo; pero no le dio muy buen resultado, porque aquella tarde terminó en la Comisaría.

En efecto, después de comer se fue a la Plaza a esperar la llegada del «Langosta». De paso, a prudencial distancia, miró de reojo cómo Jerónimo vendía en el puesto. Le quedó la curiosidad de saber si acertaría con los precios que tenía que cobrar por las chucherías.

A la hora de costumbre aparecieron el peludo y su novia, y Cucho les contó muy rápido lo sucedido. El «Langosta» se quedó pálido, pero Malena se puso roja de furia. El «Langosta», casi con un aire resignado, comentó:

—Ya me lo temía. A ese fresco se le han terminado las nueve mil pesetas y ahora viene a buscar más.

El comentario de Malena fue:

—Pues si viene a buscar más, se lo va a encontrar.

Y se dirigió hacia el puesto, seguida del «Langosta», que le pedía se calmara y le dejara hablar a él. Al ver que se acercaban, el Jerónimo agarró la tranca con aire de desafío. El «Langosta» sujetaba a su novia para que se pusiera detrás de él; pero le costaba conseguirlo, porque Malena era más alta y más fuerte que él. A pesar de todo lo consiguió, y le explicó cortésmente al señor Jerónimo:

—Mire usted, este puesto era de su tío, nadie lo discute, pero el señor Ambrosio se había asociado a medias con este muchacho —dijo señalando a Cucho, que miraba preocupado la situación—. Por tanto, lo lógico es que Cucho siga ocupándose del negocio y a usted le dé la mitad de las ganancias.

—Yo no necesito que nadie se ocupe de «mi» negocio —le replicó el hombre, con aire amenazador.

—Le advierto —le dijo el «Langosta»— que si vamos al Juzgado le darán la razón al chico. Tiene testigos...

Pero el Jerónimo no le dejó terminar y, levantando la tranca, le amenazó:

—A mí me basta con este «Juzgado».

Lo decía refiriéndose al bastón.

Fuera que Malena temió que iba a pegar a su novio, o que no pudo contener su furia, lo cierto es que le gritó:

—¡Y a mí con éste!

Y levantando con las dos manos el saco en el que llevaba la mercancía, se lo estrelló en la cabeza al señor Jerónimo, que cayó redondo al suelo. Pero el «Langosta» cometió el error de sujetar a su novia, que ya iba a darle el segundo golpe, y eso permitió a Jerónimo levantarse y atizarle un trancazo al peludo en la cabeza, haciéndole una brecha de la que empezó a manar sangre.

Cuando Malena vio la sangre de su novio, se cegó. La emprendió con el Jerónimo y lo tiró sobre el carro, con tal furia que Cucho pensó que, en cualquier caso, el negocio se había terminado para siempre. Efectivamente, el puesto quedó completamente descuajeringado y todas las chucherías rodaron por el suelo.

La pelea no duró mucho porque aparecieron los guardias y se los llevaron detenidos. A Cucho no le detuvieron porque era un niño, pero él los acompañó por si les podía ayudar en algo.

¡Qué noche tan triste! El «Langosta» y Malena se la pasaron en la Comisaría.

Cuando Cucho se volvió a casa para explicar a la abuela lo sucedido, se pasó por la Plaza de España y se encontró con que los restos del carro deshecho alguien los había amontonado contra un árbol. De las chucherías sólo quedaban las bolsas vacías de pipas, los papeles de los caramelos, los palos de los chupa-chups, los sobres de los cromos... Todo se lo habían comido o llevado los niños de la Plaza. Para colmo, había llovido y los adornos del carro, que con tanta ilusión hiciera la abuela, estaban sucios y desparramados por el suelo.

A la mañana siguiente aparecieron en el ático de la calle de la Luna el «Langosta» y su novia, recién salidos del calabozo. A Cucho le parecía bien que Malena hubiera defendido su carro. Sin embargo, la mujer le pidió perdón por haber sido tan bruta.

—Quizá —le dijo llorosa— por mi culpa te has quedado sin puesto para siempre.

El chico no dijo nada, pero el «Langosta» consoló a su novia:

—Antes o después se hubieran enterado —y luego, dirigiéndose a Cucho, le explicó—: Mira, la licencia de vendedor era personal del señor Ambrosio, y al morirse él ya nadie tenía derecho a seguir con el puesto. Por eso te dije yo que se la pagases

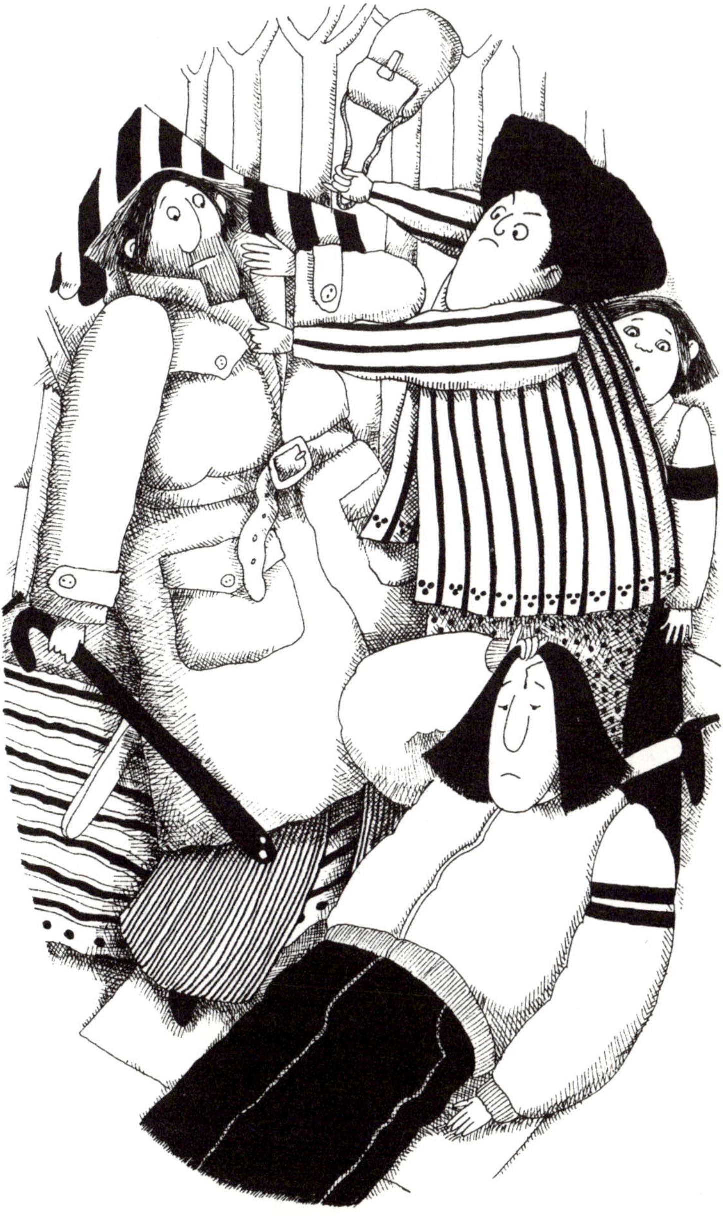

al guardia, pero sin explicar que el tío Ambrosio había muerto. Pero, ahora, en la Comisaría se ha descubierto todo y ya el puesto no es ni para ti ni para el señor Jerónimo.

A Cucho la explicación le dio lo mismo, porque después de haber visto el carro destrozado, inútil y sin mercancías, le parecía evidente que el negocio se había terminado.

En aquel momento llamaron a la puerta, cosa que no sucedía hacía meses, y la abuela se lamentó quejumbrosamente:

—A ver qué nueva desgracia viene ahora.

Fue Cucho el que abrió la puerta, y al principio ni reconoció al visitante. No le reconoció porque era don Antonio, el vecino que tocaba el clarinete, pero vestido con un traje completo, sombrero y corbata. Destocándose, entró en el piso. Con su habitual cortesía saludó a madame Petroska, besó a Cucho e hizo una inclinación de cabeza al «Langosta» y a su novia, a los que no conocía. Con aire satisfecho, dijo:

—¡Qué gusto estar de vuelta en casa! Ha sido un viaje muy interesante el que he hecho con míster Coke y sus muchachos, pero ya tenía ganas de estar de nuevo en mi viejo edificio.

—¡Y tan viejo! —le salió del alma a la abuela—. Como que muy poco va a durar usted en él.

Y le explicaron que el edificio estaba en ruinas y debían desalojarlo. Don Antonio seguía tan alargado y estrecho como su clarinete, pero estaba menos triste y agobiado. La prueba es que, cuando le dijeron que él también se quedaba sin piso, en lugar de suspirar o lamentarse, comentó:

—Pero la casa se podrá arreglar, ¿no?

Los otros movieron la cabeza negativamente.

—Bien —dijo con cierta flema don Antonio—, hablaré con míster Coke a ver qué se le ocurre.

La propuesta no les pareció muy sugerente ni a Cucho ni a su abuela. Recordaban a míster Coke como una excelente persona, pero bastante chiflado, y convencido de que la abuela era una costurera genial; por eso le había puesto el mote de «madame Petroska».

Como el «Langosta» no conocía al inglés, preguntó:

—Y ¿quién es ese míster Coke?

—Un hombre que puede resolver todo en la vida —afirmó sin vacilaciones don Antonio—; figúrese lo listo que será que ha conseguido hacerse millonario dirigiendo un grupo musical de cuatro muchachos que no saben ni el *do, re, mi, fa, sol*. Bueno, ahora saben algo más porque se lo he enseñado yo. Bien, no perdamos el tiempo. Voy a buscarle.

Se fue don Antonio con la misma cortesía con que había llegado. Y empezaron a pasar las horas con gran desesperanza de los reunidos que, según transcurría el tiempo, se convencían de que don Antonio seguía tan infeliz como siempre.

Apenas comieron por falta de ganas. El «Langosta» no tenía humor para montar su tenderete en la Plaza de España. Aparte de que, con la cabeza vendada por culpa de la brecha que le había hecho el Jerónimo y con los pelos lacios, no muy limpios, le daba vergüenza ir a sitios conocidos. Al filo de las nueve de la noche, cuando ya los novios se disponían a marcharse, prometiendo a la abuela que le ayudarían en lo que pudieran, sonó el timbre de la puerta, con brío musical y arrollador. Igual de arrolladora fue la entrada de míster Coke. El inglés besó la mano de la abuela como si de una duquesa se tratara, al tiempo que la felicitaba:

—¡Qué excelente noticia me ha dado don Antonio, madame Petroska! ¡Qué suerte la mía! Mejor dicho, ¡la nuestra!

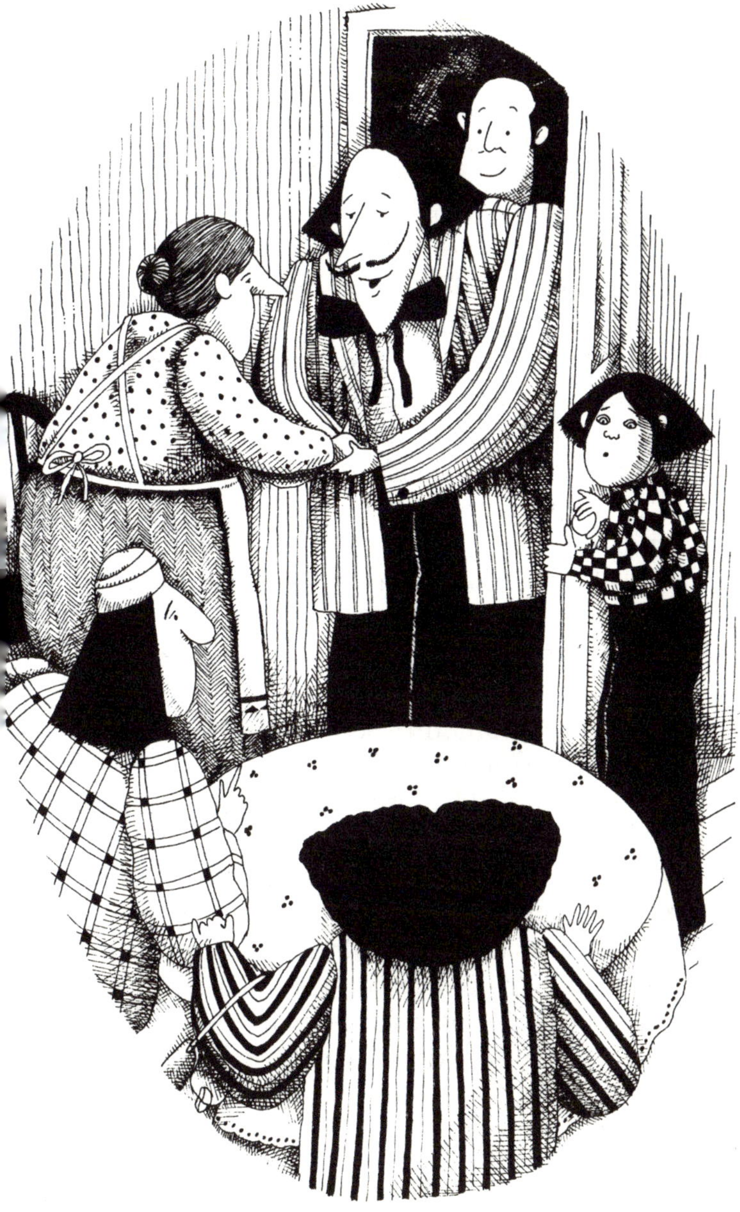

La abuela y el nieto se temieron que el señor había empeorado, y les dio pena porque con ellos se había portado muy bien cuando le hicieron los uniformes de los roqueros. Pero, de seguir así, parecía seguro que terminaría en el manicomio. De repente se fijó en el «Langosta», lo miró muy fijo y preguntó:

—Supongo que el señor será también artista, ¿he acertado?

Pero no esperó respuesta porque tenía una gran necesidad de explicar la gran suerte que tenían todos ¡por la ruina del edificio!

—¿Cómo dice usted? —se mosqueó la abuela.

—¡Naturalmente, madame Petroska! Cuando me dio la noticia don Antonio —en ese momento se dieron cuenta de que el músico estaba detrás del inglés, escuchando plácidamente lo que éste decía— llamé a mi abogado. El localizó al propietario de tan singular edificio ¡y lo he comprado!

Cucho se quedó admirado de que míster Coke hubiera aprendido a hablar tan bien el español durante aquellos meses. Seguía con su acento extranjero, pero sin usar el verbo en infinitivo. En cambio, los otros tres se admiraron de que hubiera comprado una casa que estaba a punto de caerse, y así se lo dijo el «Langosta». Míster Coke se echó a reír:

—¡Ah!, ustedes los artistas no entienden. Este es un edificio antiguo, maravilloso, que yo restauraré. En él instalaré mis oficinas, y en la planta que da a la calle pondremos una gran tienda en la que venderemos distintos modelos de los famosos uniformes de «Los roqueros a la luz de la Luna», diseñados por ¡madame Petroska!

A la abuela, con la boca abierta, le parecía que estaba en una función de circo y que le tocaba levantarse para saludar.

Don Antonio, con su habitual seriedad, intervino:

—Lo que dice míster Coke es cierto. Cuando volvíamos de Canarias, me comentó su idea de abrir una tienda para vender la ropa que han puesto de moda los «Roqueros a la luz de la Luna». Por eso, cuando se ha enterado de lo del edificio, se ha puesto tan contento y lo ha comprado...

—Porque, además —le interrumpió entusiasmado míster Coke—, esta calle no sólo está al lado de la Gran Vía sino que, por su nombre, nos facilitará muchísimo la publicidad, que será así:

> EN LA CALLE DE LA LUNA
> SE VENDE LA ROPA DE LOS ROQUEROS
> A LA LUZ DE LA LUNA

La abuela se quedó muy reflexiva, y le dijo a su nieto:

—Cucho, mañana, en cuanto nos levantemos, tenemos que volver a la iglesia de San Martín a contárselo a la Virgen.

LO PROMETIDO por míster Coke se cumplió con exceso. A los pocos días de su visita la casa se llenó de albañiles. La empezaron a arreglar, pero no para dejarla como antes sino mucho mejor. A tal extremo que, aprovechando el patio trasero, colocaron un ascensor; y la abuela se echó a llorar, porque ella había pedido un milagro, pero no de tanta categoría.

En la planta baja situaron un gran local comercial, titulado:

MADAME PETROSKA
MODA BLANDA

Y es que la abuela, sin saberlo, había sido la inventora de una moda de ropa blanda y con fantasía.

—¿Qué es eso de moda blanda? —le preguntó a míster Coke.

—Usted no se preocupe, madame —le contestó el inglés—, usted haga la ropa como le parezca. Ya tendrá a su disposición otros sastres para ajustarla.

Lo curioso fue que míster Coke no le dejó comprarse unas gafas nuevas, ahora que podía, sino que le rogó siguiera cosiendo con los viejos lentes que le había regalado el director de la escuela. Porque con ellos sólo veía medio bien, y era ese mirar entre sombras lo que daba un aire fantástico a sus creaciones.

Míster Coke, que no podía estarse quieto, se fue un día a la Plaza de España, a visitar el tenderete del «Langosta». Cuando vio lo que vendía, le preguntó:

—¿Y es usted capaz de vender esas porquerías?

—Sí, señor —le replicó el peludo, muy ofendido.

—Pues si usted es capaz de vender esas cursiladas, véngase a mi tienda, porque allí se va hacer de oro vendiendo productos de alta fantasía.

Al «Langosta» se le pasó el enfado en el acto, porque el sueño de toda su vida había sido poder vender bajo techado, pero le parecía que nunca lo conseguiría.

Malena también se sintió feliz, y le dijo a su novio:

—Ahora sí que nos podremos casar.

—¿Tú crees? —le preguntó el «Langosta», que era muy perezoso para casarse.

—No es que lo crea, es que estoy segura —le contestó su novia con un aire tan decidido como cuando arremetió contra el señor Jerónimo.

—Y yo también, y yo también —se apresuró a decir el «Langosta», que sabía como se las gastaba su novia.

A todo esto, Cucho tuvo que volver a la escuela. Al principio pensó que no le iba a gustar, acostumbrado como estaba a la diversión de vender en el puesto. Pero en cuanto vio a Celia cambió de opinión y por poco se desmaya de la emoción. Y eso que les daba vergüenza mirarse. Menos mal que el director, hecho una furia, le recibió a gritos.

—¿Se puede saber por qué no has hecho los ejercicios del último mes? —le preguntó, delante de toda la clase.

Cucho, callado como un muerto.

—¿Sabes que esto te puede costar el curso?

De repente, atenuando su furia, se dirigió a Celia:

—¿Pero no eras tú la encargada de ayudar a este desgraciado?

Celia no dijo ni sí, ni no; don Anselmo se hizo un lío; Cucho no se ofendió porque le llamara desgraciado; y el caso es que, a la salida de clase, Celia le dijo:

—Bueno, te ayudaré.

—De acuerdo. Y yo te explicaré la tienda que vamos a poner. Pero es una tienda de verdad, no te creas.

A la niña le brillaron los ojos, y le preguntó:

—¿Y de qué es la tienda?

—De ropa.

—¡De ropa! —se entusiasmó—. ¡Lo que más me gusta del mundo!

A Cucho no le extrañó, porque Celia,

además de ser guapísima, era la chica más elegante del universo.

Seguro que cuando míster Coke la conociera, la contrataba.

EL BARCO DE VAPOR

SERIE NARANJA (a partir de 9 años)

1 / *Otfried Preussler,* **Las aventuras de Vania el forzudo**
2 / *Hilary Ruben,* **Nube de noviembre**
3 / *Juan Muñoz Martín,* **Fray Perico y su borrico**
4 / *María Gripe,* **Los hijos del vidriero**
5 / *A. Dias de Moraes,* **Tonico y el secreto de estado**
6 / *François Sautereau,* **Un agujero en la alambrada**
7 / *Pilar Molina,* **El mensaje de maese Zamaor**
8 / *Marcelle Lerme-Walter,* **Los alegres viajeros**
9 / *Djibi Thiam,* **Mi hermana la pantera**
10 / *Hubert Monteilhet,* **De profesión, fantasma**
11 / *Hilary Ruben,* **Kimazi y la montaña**
12 / *Jan Terlouw,* **El tío Willibrord**
13 / *Juan Muñoz Martín,* **El pirata Garrapata**
14 / *Ruskin Bond,* **El camino del bazar**
15 / *Eric Wilson,* **Asesinato en el «Canadian Express»**
16 / *Eric Wilson,* **Terror en Winnipeg**
17 / *Eric Wilson,* **Pesadilla en Vancúver**
18 / *Pilar Mateos,* **Capitanes de plástico**
19 / *José Luis Olaizola,* **Cucho**
20 / *Alfredo Gómez Cerdá,* **Las palabras mágicas**
21 / *Pilar Mateos,* **Lucas y Lucas**
22 / *Willi Fährmann,* **El velero rojo**
23 / *Val Biro,* **El diablo capataz**
24 / *Miklós Rónaszegi,* **Hári János**
25 / *Hilda Perera,* **Quique**
26 / *Rocío de Terán,* **Los mifenses**
27 / *Fernando Almena,* **Un solo de clarinete**
28 / *Mira Lobe,* **La nariz de Moritz**
29 / *Willi Fährmann,* **Un lugar para Katrin**
30 / *Carlo Collodi,* **Pipeto, el monito rosado**
31 / *Ken Whitmore,* **¡Saltad todos!**
32 / *Joan Aiken,* **Mendelson y las ratas**
33 / *Randolph Stow,* **Medinoche**
34 / *Robert C. O'Brien,* **La señora Frisby y las ratas de Nimh**
35 / *Jean van Leeuwen,* **Operación rescate**
36 / *Eleanor Farjeon,* **El zarapito plateado**
37 / *María Gripe,* **Josefina**
38 / *María Gripe,* **Hugo**

39 / *Cristina Alemparte,* Lumbánico, el planeta cúbico
40 / *Ludwik Jerzy Kern,* Fernando el Magnífico
41 / *Sally Scott,* La princesa de los elfos
42 / *Núria Albó,* Tanit
43 / *Pilar Mateos,* La isla menguante
44 / *Lucía Baquedano,* Fantasmas de día
45 / *Paloma Bordons,* Chis y Garabís
46 / *Alfredo Gómez Cerdá,* Nano y Esmeralda
47 / *Eveline Hasler,* Un montón de nadas
48 / *Mollie Hunter,* El verano de la sirena
49 / *José A. del Cañizo,* Con la cabeza a pájaros
50 / *Christine Nöstlinger,* Diario secreto de Susi. Diario secreto de Paul
51 / *Carola Sixt,* El rey pequeño y gordito
52 / *José Antonio Panero,* Danko, el caballo que conocía las estrellas
53 / *Otfried Preussler,* Los locos de Villasimplona
54 / *Terry Wardle,* La suma más difícil del mundo
55 / *Rocío de Terán,* Nuevas aventuras de un mifense
56 / *Andrés García Vilariño,* Miro
57 / *Alberto Avendaño,* Aventuras de Sol
58 / *Emili Teixidor,* Cada tigre en su jungla
59 / *Ursula Moray Williams,* Ari
60 / *Otfried Preussler,* El señor Klingsor
61 / *Juan Muñoz Martín,* Fray Perico en la guerra
62 / *Thérèsa de Chérisey,* El profesor Poopsnagle
63 / *Enric Larreula,* Brillante
64 / *Elena O'Callaghan i Duch,* Pequeño roble
65 / *Christine Nöstlinger,* La auténtica Susi
66 / *Carlos Puerto,* Sombrerete y Fosfatina
67 / *Alfredo Gómez Cerdá,* Apareció en mi ventana
68 / *Carmen Vázquez-Vigo,* Un monstruo en el armario
69 / *Joan Armengué,* El agujero de las cosas perdidas
70 / *Joe Pestum,* El pirata en el tejado
71 / *Carlos Villanes,* Las ballenas cautivas
72 / *Carlos Puerto,* Un pingüino en el desierto

EL BARCO DE VAPOR

SERIE ROJA (a partir de 12 años)

1 / *Alan Parker*, **Charcos en el camino**
2 / *María Gripe*, **La hija del espantapájaros**
3 / *Huguette Perol*, **La jungla del oro maldito**
4 / *Ivan Southall*, **¡Suelta el globo!**
5 / *José Luis Castillo-Puche*, **El perro loco**
6 / *Jan Terlouw*, **Piotr**
7 / *Hester Burton*, **Cinco días de agosto**
8 / *Hannelore Valencak*, **El tesoro del molino viejo**
9 / *Hilda Perera*, **Mai**
10 / *Fay Sampson*, **Alarma en Patterick Fell**
11 / *José A. del Cañizo*, **El maestro y el robot**
12 / *Jan Terlouw*, **El rey de Katoren**
13 / *Ivan Southall*, **Dirección oeste**
14 / *William Camus*, **El fabricante de lluvia**
15 / *Maria Halasi*, **A la izquierda de la escalera**
16 / *Ivan Southall*, **Filón del Chino**
17 / *William Camus*, **Uti-Tanka, pequeño bisonte**
18 / *William Camus*, **Azules contra grises**
19 / *Karl Friedrich Kenz*, **Cuando viene el lobo**
20 / *Mollie Hunter*, **Ha llegado un extraño**
21 / *William Camus*, **Aquel formidable Far West**
22 / *José Luis Olaizola*, **Bibiana**
23 / *Jack Bennett*, **El viaje del «Lucky Dragon»**
24 / *William Camus*, **El oro de los locos**
25 / *Geoffrey Kilner*, **La vocación de Joe Burkinshaw**
26 / *Víctor Carvajal*, **Cuentatrapos**
27 / *Bo Carpelan*, **Viento salvaje de verano**
28 / *Margaret J. Anderson*, **El viaje de los hijos de la sombra**
29 / *Irmelin Sandman-Lilius*, **Bonadea**
30 / *Bárbara Corcoran*, **La hija de la mañana**
31 / *Gloria Cecilia Díaz*, **El valle de los cocuyos**
32 / *Sandra Gordon Langford*, **Pájaro rojo de Irlanda**
33 / *Margaret J. Anderson*, **En el círculo del tiempo**
34 / *Bo Carpelan*, **Julius Blom**
35 / *Annelies Schwarz*, **Volveremos a encontrarnos**
36 / *Jan Terlouw*, **El precipicio**
37 / *Emili Teixidor*, **Renco y el tesoro**
38 / *Ethel Turner*, **Siete chicos australianos**

39 / *Paco Martín,* **Cosas de Ramón Lamote**
40 / *Jesús Ballaz,* **El collar del lobo**
41 / *Albert Lijánov,* **Eclipse de sol**
42 / *Edith Nesbit,* **Los buscadores de tesoros**
43 / *Monica Dickens,* **La casa del fin del mundo**
44 / *Alice Vieira,* **Rosa, mi hermana Rosa**
45 / *Walt Morey,* **Kavik, el perro lobo**
46 / *María Victoria Moreno,* **Leonardo y los fontaneros**
47 / *Marc Talbert,* **Canción de pájaros muertos**
48 / *Angela C. Ionescu,* **La otra ventana**
49 / *Carmen Vázquez-Vigo,* **Caja de secretos**
50 / *Carol Drinkwater,* **La escuela encantada**
51 / *Carlos-Guillermo Domínguez,* **El hombre de otra galaxia**
52 / *Emili Teixidor,* **Renco y sus amigos**
53 / *Asun Balzola,* **La cazadora de Indiana Jones**
54 / *Jesús M.ª Merino Agudo,* **El «Celeste»**
55 / *Paco Martín,* **Memoria nueva de antiguos oficios**
56 / *Alice Vieira,* **A vueltas con mi nombre**
57 / *Miguel Ángel Mendo,* **Por un maldito anuncio**
58 / *Peter Dickinson,* **El gigante de hielo**
59 / *Rodrigo Rubio,* **Los sueños de Bruno**
60 / *Jan Terlouw,* **La carta en clave**
61 / *Mira Lobe,* **La novia del bandolero**
62 / *Tormod Haugen,* **Hasta el verano que viene**
63 / *Jocelyn Moorhouse,* **Los Bartons**
64 / *Emili Teixidor,* **El aire que mata**